KB114196

FANTASTIC ORIENTAL HEROES

무진등 新무협 판타지 소설

면왕 백리휴 6

무진등 新무협 판타지 소설

초판 1쇄 찍은 날 § 2014년 3월 5일
초판 1쇄 펴낸 날 § 2014년 3월 12일

지은이 § 무진등
펴낸이 § 서경석

편집부장 § 권태완
편집책임 § 이효남

펴낸곳 § 도서출판 청어람
등록번호 § 제1081-1-89호
등록일자 § 1999. 5. 31
어람번호 § 제2-2473호

주소 § 경기도 부천시 원미구 부일로 483번길 40 서경B/D 3F (우) 420-822
전화 § 032-656-4452팩스 § 032-656-4453
http://www.chungeoram.com
E-mail § chungeorambook@daum.net

ISBN 979-11-5681-914-1 04810
ISBN 978-89-251-3332-4 (세트)

면왕 백리휴 6

FANTASTIC ORIENTAL HEROES

무진등 新무협 판타지 소설

도서출판 청어람

면왕 백리휴

目次

第一章

석화광중기차신

면왕 백리휴

황보권.

황제를 지키는 사자수호대(獅子守護隊)의 대주이자 황실 전체를 호위하는 병력인 어림군(御林軍)의 수장인 그의 눈빛이 예리하게 주변을 훑고 지나가고 있었다.

쉰다섯이란 나이답지 않게 장대한 체구에 한 그는 조금 전까지 뒤쫓고 있던 자의 흔적을 찾고 있는 것이었다.

'분명 흉수는 얼마 전 사자수호대의 부대주인 곽영을 죽인 자와 동일한 놈이었다.'

흉수는 아까 자신을 암살하기 위해 자신의 거처까지 스며들었다가 발각되어 오히려 자신에게 쫓기게 되었다.

'흔적이 저쪽으로 이어졌는데…….'

그는 조심스런 움직임으로 앞으로 다가갔다.

황성과 그리 멀리 떨어지지 않은 청죽림이었다.

쓰쓰쓰쓰…….

불어오는 바람에 푸른 대나무들이 이리저리 흔들리며 벌레 우는 듯한 소리를 냈다.

청죽림 안으로 들어간 황보권의 두 눈에 이채가 아른거렸다.

그와 정면으로 보이는 곳에 정자 하나가 세워져 있었는데, 그곳에 누군가가 앉아 있는 모습이 눈에 들어왔다.

'저자는……?'

자신도 아는 자였다.

황실에서 가장 존경받는 인물이라고 할 수 있는 자.

상대도 그를 보았는지 그를 보며 손짓해 보였다.

"이게 누군가? 황보대주가 아니시오?"

황보권은 마지못하고 그에게 다가가 포권을 했다.

"그간 안녕하셨습니까?"

"나야 늘 그렇지. 지금도 여기서 이렇게 한가하게 시간만 보내고 있지 않은가? 이럴 게 아니라 여기로 올라오게."

"예. 그럼……."

내심 그러고 싶지는 않았으나 황보권은 사양을 할 수 없는 상대인 터라 그가 앉아 있는 정자 위로 올라갔다.

"이렇게 서로 마주 앉게 되는 것도 오랜만인 것 같구료."

상대는 부드러운 인상의 노인이었다.

수수한 백의를 걸친 모습이었으나 황보관은 눈앞의 노인이 황실에서 적지 않은 힘을 가지고 있는 실세임을 잘 알고 있었기에 이내 고개를 숙이며 대답했다.

"죄송합니다. 근자에 들어 워낙 업무에 바쁘다 보니……."

갑자기 그의 말꼬리가 흐려졌다. 고개를 숙인 그의 두 눈에 앉아 있던 노인의 발이 들어왔기 때문이었다.

'진흙이 묻어 있다?'

정확히 노인이 신고 있는 신발에 흙이 묻어 있었는데, 그것도 일반적인 마른 흙이 아닌 진흙이었다. 진흙이란 붉고 축축한 흙…….

'이곳은 청죽림 안이다. 당연히 이 안에 진흙이 있을 리 없다. 진흙이 있을 수 있는 곳이라면… 내 방밖에는 없다…….'

그 방 주위로는 붉은 진흙이 깔려 있었는데, 이는 미연의 사태를 방지하기 위해 그가 일부로 그렇게 만들어 놓은 것이었다.

갑자기 그는 온몸의 솜털이 곤두서는 느낌이었다.

그런 그를 보면서 노인은 허허로운 웃음을 흘렸다.

"아무래도 황보대주에게 들킨 것 같군."

황보권의 얼굴이 딱딱하게 굳어졌다.

"그 말씀은……."

노인은 고개를 끄덕였다.

"그렇지. 근자에 들어 황보대주의 주위에서 일어났던 살인들은 모두 내가 한 것이지."

쾅!

황보권은 머리를 둔기로 호되게 맞은 것 같은 충격을 받았다.

"대… 대체 무슨 이유로 그러한 만행을 저지른 것입니까?"

노인은 담담한 얼굴을 했다.

"그들은 내가 준비한 식사를 마다했기 때문일세."

그의 말이 끝나는 순간.

스읏…….

두 사람이 있는 정자 안으로 한줄기 붉은 인영이 소리 없이 모습을 드러냈다.

피처럼 붉은 혈의를 걸쳤으되 요사스러울 정도로 화려한 아름다움을 지닌 중년 여인. 그녀는 양손에 커다란 쟁반을 들고 있었고, 그것 위에는 국수가 담긴 두 개의 그릇이 놓여져 있었다.

"가지고 왔습니다."

혈의여인이 노인을 향해 날씬한 허리를 굽혔다.

노인은 고개를 끄덕였다.

"화, 내려놓아라."

"예."

혈의여인은 즉시 두 사람 사이에 놓인 탁자 위에다 두 개의 그릇을 내려놓았다.

훈훈한 김이 피어오르는 우측에 있는 국수는 중국인들이 즐겨먹는다는 전형적인 탕면, 그에 반해 좌측에 있는 국수는 누런빛의 춘장이 여러 개의 채소와 버무려져 있는 작장면이었다.

탕면과 작장면.

"황보대주는 지금의 세상이 합리적이라고 생각하는가?"

"……?"

"원을 물리치고 명이 들어서긴 했으나 여전히 세상은 어지러울 뿐……. 이미 하늘이 내린 소임은 다했다고 보네. 즉 천명의 소멸이랄까."

"……!"

황보권은 등 뒤로 식은땀이 줄줄 흘렀다.

천명이란 하늘을 대신하여 이 땅을 다스릴 권한, 즉 황제가 만인 위에 군림하는 이유였다.

그런데 눈앞의 노인이 천명이 소멸했다고 말한다는 것은 곧 현 황제를 폐하겠다는 말이 아닌가. 한마디로 반역이었다.

노인은 경악으로 얼굴이 화석처럼 굳어지는 그를 보더니 문득 한 수의 시를 읊었다.

對酒當歌 人生幾何.

譬如朝露 去日苦多.

慨當以慷 憂思難忘.
何以解憂 唯有天命.
술을 마주하고 노래 부른다. 인생살이 얼마더냐?
아침 이슬 같으리니, 지난날의 많은 고통.
슬퍼하며 탄식해도, 근심 잊기 어렵구나.
어떻게 근심을 풀을까? 오직 천명뿐일세.

시를 들은 황보권의 얼굴은 창백하게 일그러졌다.

조조의 단가행이다. 빠르게 흘러가는 세월과 짧은 인생을 뒤돌아보며 한탄하는 명시였는데, 본래 뒤에 붙어 있는 천명이란 글자 대신 두강이라는 글이 붙어 있어야 정상이었다.

그 뜻은 '오직 두강주(술)뿐이로구나' 라는 의미였는데, 천명이란 글로 대신하고 보자 하늘의 명이라는 뜻이 되니, 이는 곧 찬위(簒位)의 뜻이 되는 게 아닌가.

"어떤가? 지금 자네 앞에는 두 개의 국수가 있네. 하나는 그저 평범한 탕면이고 또 다른 하나는 근자에 들어 황도에서 인기를 끌고 있는 작장면일세. 자네가 어떤 국수를 먹을지 궁금하구만."

노인은 담담하게 말했다.

탕면은 천하에서 가장 흔하고 널리 퍼진 국수였다.

이에 반해 작장면은 본래 원나라 때 몽고족에 의해 퍼진 비빔국수로 지금은 천하에서 가장 유명한 육대국수 중 하나일 정도로 널리 퍼졌다.

'탕면과 작장면은 단순한 국수가 아니다. 탕면은 전통적이고 중화적인 것이라면 작장면은 새롭고 복합적인 것…….'

탕면은 현 황제를 의미한다.

그러나 작장면은 새로운 체제를 의미하는 것!

한참 동안 탁자 위의 국수들을 노려보던 홍보권은 나직이 탄식하듯 입을 열었다.

"석화광중기차신(石火光中寄此身)……."

이 말은 본래 백낙천의 대주(對酒)라는 시에서 나온다.

그 뜻은 '부싯돌 튕기는 불꽃처럼 짧고 짧은 나의 생애여'라는 것이다.

결국 자신의 삶이 짧다고 말하는 것은 오늘 이 자리에서 자신이 죽는다는 걸 의미하는 것이고, 찬위가 아닌 보위(保位: 황제의 위를 보호하다)의 길을 선택하는 말이리라.

"속하의 입맛은 아무래도 작장면보다는 탕면 같소이다."

"어리석은 선택이로군."

황보권의 말에 노인은 끌끌 혀를 찼다.

"하긴 그동안 내게 죽었던 그들도 자네와 같은 선택을 했으니 굳이 자네만 문제라고 말할 것도 못되는군."

"그들은 충직한 황제폐하의 신하였을 테니까."

황보권은 양손에 공력을 끌어올렸다.

"이제 내가 당신을 심판하겠소!"

콰앙!

그가 앉아 있던 탁자가 그가 발출한 공력을 이기지 못하고 산산조각 난 채 허공으로 비산했다.

동시에 그의 양 주먹이 눈앞의 노인을 향해 날아갔다.

가문의 절학인 천왕신권 중 천왕일격의 초식.

콰우…….

막 노인의 가슴을 그대로 후려칠 순간, 옆에 서 있던 혈의여인이 가볍게 우수를 비스듬히 내리쳤다.

퍼엉!

권경이 수강에 의해 무산되며 커다란 폭음이 터져 나왔다.

파앗!

황보권의 신형이 곧장 허공으로 솟구쳐 올랐다.

"도망칠 수 없다."

혈의여인이 냉혹히 소리치며 신형을 날리려 하자 노인이 그녀를 제지했다.

"그만두거라. 비록 힘이 떨어진다고는 하나 호랑이를 처치할 수 있는 건 역시 호랑이뿐……. 마지막이니 내가 직접 처리해 줘야겠지."

말이 끝났을 때 이미 노인의 신형은 허공을 날아가고 있는 황보권의 앞을 가로막고 있었다.

실로 보고도 믿기지 않을 만큼의 놀라운 신법이었으나 황보권은 버럭 소리쳤다.

"그렇게 쉽게는 당하지 않는다!"

파아아앙…….

그의 양 주먹에서 눈부신 광채와 함께 용의 형상을 한 권강이 노호처럼 뿜어져 나왔다. 극성에 이른 천왕신권.

사실 이러한 권강이라는 것은 검으로 말하자면 검강과 동일 것이었고, 더욱이 그는 평생 동안 주먹만을 단련해 온 권왕이었다.

상대가 노인이 아니라 신이라고 해도 그대로 가슴이 뭉개져서 죽을 것 같은 순간.

"권강이라니, 과연 황보대주의 실력은 명불허전이로군. 그러나 나를 만난 게 운이 없다고 해야겠지."

노인은 눈앞으로 날아오는 권강을 보며 가볍게 우수를 흔들었다.

가벼운 손동작 같은 움직임.

그런데 실로 놀라운 일이 벌어졌다.

무지막지한 기세를 보이며 날아오던 권강이 마치 노인의 손에 흘러나온 부드러운 기운과 충돌하자마자 그대로 소멸되어 버리는 것이었다.

퍼억…….

허공에 떠있는 홍보권의 신형이 크게 흔들린 것은 바로 그 순간이었다.

"대… 대체 이런 무공이라니……."

어느 틈엔가 그의 가슴엔 커다란 구멍이 뚫려 있었다.

그럼에도 불구하고 상처엔 한 점의 핏방울도 흘러나오지 않았다.

"무영산수(無影散手)라 불리우는 재간일세."

"무… 무영산수……."

부르르 황보권의 신형이 크게 떨렸다.

다음 순간 그의 신형은 곧장 아래로 추락했고, 막 바닥에 그의 몸이 닿았을 순간에는 정작 그의 몸은 가루가 되어 흩어진 상태였다.

설명은 길었지만 노인을 만나고 황보권이 죽기까지 걸린 시각은 불과 차 한 잔을 마실 정도의 시간밖에는 되지 않았다.

노인은 어느새 바닥에 내려서 있었다.

"어리석은 자들이로군. 황보권도 그렇고 그동안 내게 죽은 놈들 모두……."

"천명을 모르는 자들입니다. 주인님……."

혈의여인 혈요가 그의 옆에 서서 고개를 저었다.

노인은 절레절레 고개를 흔들며 그녀에게로 시선을 돌렸다.

"해남검파의 일은 어찌 되었느냐?"

혈요가 즉시 대답했다.

"생각보다 그 늙은이가 능력이 없는 것 같습니다. 지금이면 광동은 장악했으리라고 생각했는데 아직도 제대로 움직이지조차 못하고 있습니다."

"쉽지는 않겠지. 어찌 되었든 태평의 눈을 의식해야 하니까."

"태평의 숨겨진 힘이 크다고 하지만 결국엔 신녀만 없애면 간단한 일이라고 생각되옵니다."

"그렇지. 하지만 그 간단한 일이 어려운 거야."

고개를 끄덕인 노인은 잠시 뭔가를 생각하는 듯 말이 없더니 문득 물었다.

"묵혼을 그 늙은이에게 보내거라."

"이미 그렇게 명을 내려놓았습니다."

"잘했다."

노인은 천천히 몸을 돌려 앞으로 걸어갔다.

"벌써 점심 때로군. 오랜만에 제대로 된 작장면이나 먹어볼까?"

혈요 역시 그의 옆에서 나란히 걸어갔는데, 그들의 모습은 산책을 나선 늙은 주인과 그를 모시는 첩쯤으로 보였다.

휘잉…….

한줄기 시원한 바람이 불어오자 그들 주위에 둘러쳐져 있던 푸른 대나무들이 물결처럼 움직이며 가벼운 울음을 토했다.

*　　*　　*

해육회이면.

이부면의 본래 명칭이었다.

상노인이 말하길 '요리엔 이름이 있고, 그 이름엔 이유가 있다(반채유명 명자유리유)' 라고 하지 않았던가.

'그렇다면 해육회이면에 어떤 의미가 있다는 것인가?'

백리휴는 오랫동안 상노인이 알려준 이의 이름에 대해 생각해 보았다.

'묘족의 전설에 여우의 꾀와 매의 눈, 곰의 우직함을 가지고 있어야 요리를 만들 수 있다고도 했지.'

실로 알 수 없는 말이었다.

이리저리 생각해 보았지만 상노인의 말은 이해가 되지 않았다.

본래 국수란 밀가루를 반죽해서 면을 뽑아낸 뒤 자신만의 특이한 양념을 이용해 비비거나 탕으로 내놓는 게 전부였다.

그런데 거기에 왜 여우의 꾀와 매의 눈이 필요한 건가. 또한 곰의 우직함도 있어야 한다고 했다.

'이것은 내게 있어 화두나 다름없다. 이 말의 의미를 알아야만 이부면을 만들 수 있다는 뜻…….'

그렇다고 상노인에게 물어볼 수도 없었다.

결국 그가 선택한 방법은 단 하나였다.

그는 지난 일주일 동안 태평장 밖으로 나가 그곳에 있는 주루를 차례로 들러 그곳에서 만든 이부면을 먹어보기 시작했다.

"이부면 만드는 방법을 보고 싶다는 말씀이시오?"

"그렇습니다."

"이부면이라고 해봤자 별다른 게 없는데……."

혼원루의 총관은 눈앞에 있는 백면서생을 보며 고개를 갸웃거렸다.

백리휴는 담담히 웃으며 말했다.

"별다른 의도는 없습니다. 소생은 천하에 모든 국수를 보고자 이렇게 유람하고 있는 터라 직접 만드는 것을 보고자 할 뿐입니다."

말과 함께 그는 주머니에서 은자를 꺼내 슬쩍 총관에게로 내밀었다.

"약소하지만 제 성의로 생각하시고 도와주시기 바랍니다."

"이거 참, 본래는 안 되는 일이지만 공자가 성심껏 간청하니…… 그저 지켜보기만 하겠다고?"

"그렇습니다. 그것도 면수가 이부면을 만드는 걸 보기만 하면 됩니다."

"모를 일이네만 원한다니 그렇게 하지. 아복아, 공자님을 주방으로 모시고 가거라."

*　　*　　*

쿵쿵…….

밀가루 반죽이 떨어질 때마다 요란한 소리를 냈다.

면수는 익숙한 솜씨로 수타로 면을 뽑아내더니 이내 끓고 있는 물에다가 넣고 삶기 시작했다.

적당한 시간이 흐르자 익은 면을 꺼낸 면수는 이미 준비해 둔 그릇에다 면을 담고는 그 위에다 따뜻한 국물을 부었다. 그리고는 각종 고명을 얹고는 주방 밖을 향해 소리쳤다.

"이부면 다 됐으니까 가지고 나가."

"예."

점원이 얼른 그가 내민 이부면을 들고는 주루 안에서 기다리고 있을 손님에게로 가져갔다.

"그래. 도움이 되었소?"

면수는 고개를 돌려 뒤에 미리 마련해 둔 의자에 앉아 있던 백리휴를 바라보았다. 지난 삼 일 동안 백리휴는 이렇게 주방 한쪽 구석에 앉아 면수가 만드는 이부면을 지켜보고 있었다.

백리휴는 고개를 끄덕였다.

"물론입니다."

면수는 여전히 고개를 갸웃거렸다.

"당신 같은 손님은 난생 처음이구료. 아무리 이부면이 좋다고 하지만 일부러 주방까지 와서 구경하다니……."

"이부면은 천하 육대국수 중 하나입니다. 더군다나 광동에 와서 먹은 이부면의 맛에 크게 감탄한 터라 어떻게 만드는지 매우 궁금했던 참이었습니다."

"입맛에 맞다니 다행이오."

면수는 상대의 칭찬에 어깨를 으쓱거렸다.

"말투로 보니 위쪽에서 오신 것 같소이다."

백리휴는 즉시 말했다.

"고향이 서안입니다."

"꽤 먼 곳에서 왔구료. 그런데 국수가 입에 맞다니 다행이오. 사실 광동의 음식은 조금 단 편이라 입에 맞지 않으면 상당히 곤욕이라오."

이 땅 위에 존재하는 음식들은 밤하늘의 별만큼이나 많지만 크게 분류하자면 네 가지로 나눠진다.

그것은 노계(魯系)라 불리는 산동 및 북경요리가 있고, 광동요리는 월계(粵系)라 불리운다. 또한 소계(蘇系)와 호계(滬系)를 지칭하는 상해요리, 더하여 천계(川系)라 불리우는 사천지역의 요리가 바로 그것이었다.

이 네 지역의 맛은 각기 그 특징이 있는데, 그것은 남담북함(南淡北鹹:남쪽요리는 담백하고 북쪽요리는 짜다)과 동산서랄(東酸西辣:동쪽의 요리는 달콤새콤하며 서쪽요리는 맵다)로 표현되어진다.

광동은 아무리 추워도 늘 초여름 정도의 날씨를 유지할 정도로 따뜻한 지방이었다.

그러다 보니 자연스럽게 이곳에 사는 사람들은 단 맛을 좋아하고, 그렇게 음식들이 발전되어 왔다.

국수도 예외는 아니어서 이부면 역시 다소 단맛이 있는 게 사실이었다.

백리휴는 빙그레 미소 지었다.

"그저 무작정 달다고 하면 모를까 맛있을 정도이니 문제되지 않습니다."

면수가 고개를 끄덕이며 말했다.

"이곳의 음식들은 달콤하면서 뒤에 감기는 맛이 있소. 모르는 자들은 단지 달다고 하는데, 공자께선 맛에 민감한 것 같소이다."

백리휴가 자신이 면수라고 밝히지 않은 것은 면수를 잘 알기 때문이었다. 면수는, 아니 요리사는 자신들이 일하는 모습을 잘 보여주지 않으려고 한다.

그것은 자신만의 비법을 남에게 알리기 싫은 까닭이었는데, 만약 자신이 면수라고 소개했다면 지금처럼 편하게 주방에서 면을 만드는 모습을 볼 수는 없었다.

"지난 한 달 동안 이 근방에 있는 주루에서 만드는 이부면은 다 맛보았다고 할 수 있습니다."

백리휴는 면수를 보면서 은근한 어조로 물었다.

"그래서인지 뭔가 색다른 이부면 같은 건 없을까요? 아무래도 매일 같은 면만을 먹다 보니 식상하다는 생각이 드는군요."

"그러니까 이부면인데 조금 특이한 국수를 먹고 싶다는 말이로군."

"말하자면 그렇소."

"그렇다면 마을 끝에 있는 일휴정(一休停)으로 가보는 게 좋을 거요. 틀림없이 만족할 테니까."

"일휴정이라……? 고맙소."

백리휴는 그에게 인사를 해보인 뒤 주방에서 나왔다.

'벌써 시간이 이렇게 되었군. 이미 미시가 넘은 것 같은데……. 오늘은 이만 돌아가 봐야겠구나.'

그는 주루 앞에서 잠시 동안 하늘을 바라보더니 이내 몸을 돌려 천천히 걸어갔다.

어느새 하늘은 붉은 노을빛으로 물들어가고 있었다.

* * *

밤바람이 시원하게 불어왔다.

열어놓은 창문을 타고 불어온 바람은 방 안에 놓인 탁자 앞에 앉아 있던 백리휴의 얼굴에 흐르는 땀을 식혀 주었다.

화르르…….

밤바람에 촛불은 가볍게 몸을 흔들었다.

"팔괘신방이라고 했지."

백리휴는 나직이 중얼거리며 자신을 손을 바라보고 있었다.

손바닥에는 사각형의 철 조각이 쥐어져 있었는데, 그것은 언젠가 혈선동 안에서 현무자가 죽어가면서 그에게 주었던 팔괘신방이었다.

'그동안 제법 많은 일이 있었음에도 불구하고 이게 아직도 내 품속에 있다니… 언제고 화산파로 한번 들러야겠구나.'

화산파로 이 팔괘신방을 가져다 달라는 게 현무자의 간절한 유언이었다.

그 대가로 그는 의기심형의 수법으로 자신에게 매화심검론을 전해주었다.

'당천효의 혼원이령대법이 깨어지는 바람에 난 여러 가지 기억이 떠오르게 되었다.'

혼원이령대법에 의해 그는 아차 하면 백리휴가 아닌 당천효가 될 뻔했었다. 또한 그 부작용으로 천하에 다시없을 마인이 될 뻔하기도 했는데, 그 위기의 순간에 느닷없이 들려온 여의소혼각에 의해 정신을 차릴 수 있었다.

'덕분에 난 당천효의 기억을 공유할 수 있게 되었다. 그가 연성한 각종 암기수법은 물론 수라마혼력이라는 마공까지…….'

당천효가 죽은 이상 천수암왕은 사라졌다.

그러나 그의 머릿속에 당천효의 암기수법이 있는 한 그는 제이의 천수암왕이라고 할 수 있었다.

'덕분에 현무자가 의기심형의 수법으로 전해준 매화심검론이 예전보다 조금은 더 이해되고 있다.'

현무자가 남긴 매화심검론은 말 그대로 검에 대해 논한 말에 지나지 않았다.

그것은 어찌 보면 검에 대한 일반적인 논점이라고 할 수 있었으나 중간 부분부터는 달랐다. 한 구절의 글 때문이었다.

—잉도검구득도매의(扔掉劍具得到梅意).

검을 버려야만 매화의 뜻을 얻을 수 있다!

"잉도검구득도매의……?"

백리휴는 가늘게 떨리는 음성으로 중얼거렸다.

이제까지 머릿속에 떠오른 매화심검론에 대하여 별다른 감흥조차 없던 그였다. 그러나 어찌된 일인지 '잉구검구득도매의' 란 글자가 그의 머릿속에 뚜렷하게 기억되었다.

그것은 그로서는 난생처음 있는 일이었다.

그는 홀린 듯이 기억을 떠올렸다. 이 매화심검론를 작성한 현무자는 단순히 검법의 움직임에 대해서 말해놓은 것이 아니었다.

그것은 검에 대한 현무자 자신의 철학적 사고라고 할 수 있었는데, 그것은 검이 단순히 검으로 끝나서는 안 된다는 말이었다.

진정한 검이란 생명체처럼 살아 있어야 한다고 주장했는데, 그것은 중간에 나오는 그의 글을 떠올려 보면 잘 들어나 있었다.

—많은 자들이 화초를 키운다. 그러나 화초란 어디까지나 남에게 보여주기 위한 꽃, 검도 이와 마찬가지다 …(중략)… 강한 검이란 무엇일까? 그것은 살아 있는 검을 말함이다. 그런 고로 살아 있는 검을 추구하는 자라면 마땅히 화초가 아니라 잡초가 되어야 할 것이다…(하략)……

백리휴의 머릿속에 떠오른 매화심검론에 의하면 현무자는 검을 일정한 틀에 가두는 것을 엄격하게 금했다.

매화검형.

화산파 독문절학인 매화검법의 끝을 매화검형이라고 하거니와 '검형' 이라는 말 자체가 이미 더 이상 뻗어나갈 수 없는 틀 속에 갇혀 있음을 의미한다고 했다.

본래 매화검형의 절정은 검으로 열여덟 개의 매화송이를 피워내는 것이다. 그러나 매화심검론의 주인인 현무자는 그것은 진정한 의미의 매화검형이 아니라고 했다.

진정한 매화검형이란 검을 버림으로 시작하여 틀 속에 가두지 않고, 지독할 정도의 생명력을 지니고 있어야만 한다고 주장했는데, 현무자는 이러한 경지를 가르켜 매화의형(梅花意形)이라고 했다.

매화의형.

그것이 대체 무엇을 의미하는지는 자세히 알 수 없으나 그것은 백리휴가 얻은 공손부운의 백문검법과도 상당히 유사하다고 할 수 있었다.

"백문검법을 남긴 공손부운은 이것을 검이 아닌 도라고 했다. 따지고 보면 현무자께서 말씀하신 매화심검론과 상당 부분 매우 흡사하다."

백문검법과 매화심검론 상의 매화의형은 시간차가 있긴 했으나 한 사람이 만들었다고 해도 과언이 아닐 정도로 똑같았는데, 그것은 일반적으로 검법의 초식 등을 다룬 것이 아닌 검의 본질을 얘기한 것이기 때문이었다.

"만약 백문검법과 매화의형을 섞을 수만 있다면 실로 천하에 다시없을 절대의 검법이 될 수도 있을 터……. 그러나 그것은 결코 이뤄지지 않을 것이다."

기름과 물은 서로 섞여지지 않는다.

둘을 같은 액체이기는 하나 그 성질이 서로 다르기 때문인데, 백리휴가 살펴본 백문검법과 매화의형이 바로 그랬다.

'섞이지 않는다면 서로 같이 펼칠 수 있지 않을까? 즉 백문검법을 오른손으로 펼치고 매화의형을 좌수로 펼칠 수 있다면…….'

한마디로 양손에 검을 쥐고는 서로 다른 검을 펼친다는 것이었다.

그러나 쉽지 않은 일이었다. 오른손으로 백문검법은 펼칠 수 있겠지만 이에 반해 좌수로 검을 휘두른다는 것은 쉽지 않은 일이었다.

그것은 왼손잡이가 아닌 이상 좌수검을 연성하기가 쉽지 않은 일이었고, 또한 우수에 쥐어진 검과 함께 휘둘러야 했기에 그것은 거의 불가능하다고 할 수 있었다.

물론 양손으로 생활하는 자는 있다. 그러나 무공은, 검을 휘두른다는 것은 상대의 목숨을 빼앗아야 하는 것이었기에 일반 생활과는 다른 차원의 문제였다.

"적지 않은 연습이 필요하겠구나……."

그는 고개를 돌려 옆을 바라보았다.

옆에 있는 책장 위로는 일반적인 검 크기의 반밖에 되지 않은 백문검이 놓여져 있었다.

그는 몸을 일으켜 다가가 백문검을 잡았다.

"어차피 잠도 오지 않으니 오랜만에 백문검법이나 연습해야겠구나."

그가 태평장에서 지낸 한 달 동안 거의 매일 빠지지 않고 무극팔로세만을 연습했었다.

그것은 무극팔로세가 그의 내상을 치료하기 위해 가장 효과적이기 때문이었다.

사실 혼원이령대법으로 인해 당천효의 영혼이 깨어나면서 수라마혼력이 폭주했고, 그의 육체는 한계 상황에 달했었다.

'만약 당신 무영십이비와 여의소혼각이 아니었다면 나는 이미 죽었을 터……. 한데 무영십이비의 주인은 대체 누구였을까? 당시 그 지하에 있었던 것 같은데……'

잠시 동안 생각을 하던 그는 절레절레 고개를 흔들었다.
그가 백문검을 쥔 채 방문을 나서던 바로 그때였다.
삐익… 삑…….
돌연 요란한 호각 소리가 여기저기서 들려왔다.
동시에 태평장 무사들이 다급히 외치는 소리가 들려왔다.
"웬 놈이냐?"
"모두 자리를 지켜!"
"상대를 확인하라!"
백리휴는 멈칫거릴 수밖에 없었다.
'누가 태평장을 침입한 것일까? 단순한 도둑인 것 같지는 않은데…….'
내심 중얼거리던 그의 두 눈에 반짝 이채가 떠올랐다.
인영들.
세 줄기 인영이 은밀하게 어둠을 가르며 한쪽을 향해 날아가고 있는 모습이 그의 눈에 들어왔던 것이었다.
잠시 망설이던 백리휴는 이내 인영들이 사라진 곳을 향해 몸을 날려갔다.
휘익…….
그의 몸이 소리 없이 어둠 속으로 녹아 들어갔다.
그것은 당가의 독문신법인 암로행(暗路行)이었다.

*　　*　　*

"지하?"

뒤쫓아 가던 백리휴는 멈칫거렸다.

알서 몸을 날려가던 세 명의 흑의복면인이 후원에 은밀히 위치한 별전 안으로 들어갔기에 황급히 안까지 따라 들어온 그였다.

그러나 흑의복면인들은 온데간데없이 사라졌고, 바닥엔 지하로 통하는 계단이 보였다.

'지하에 비밀스런 장소라도 있단 말인가?"

백리휴는 의아했으나 이내 그 역시도 계단을 따라 내려갔다.

지하는 의외로 넓은 공간으로 되어 있었다.

한꺼번에 적어도 수백 명은 들어가도 남을 정도로 넓었는데, 정면의 중앙에는 원형으로 이뤄진 석대가 놓여져 있었다.

화르르륵…….

석대 위로는 매우 커다란 불꽃이 활활 타오르고 있었다.

동굴 안에 밝은 것은 바로 그 불길 때문이었다.

여인.

석대 위의 불길이 오히려 검게 느껴질 정도로 투명한 피부를 지닌 아름다운 용모의 미소녀가 불길이 타오르고 있는 석대에 이마를 댄 채 무릎을 꿇고 있었다.

기도라도 하고 있는 것일까.

보는 이로 하여금 절로 경건해지게 하는 그녀는 바로 악소채였다.

"여기에 숨어 있었군."

그때 등 뒤에서부터 음침한 말소리가 들려왔다.

악소채는 흠칫 놀라며 황급히 몸을 일으켰다.

흑의복면인들.

어느 틈엔가 일신을 검은 복면으로 뒤덮어 쓴 흑의복면인 세 명이 동굴에 선 채 그녀를 바라보면서 마주 서 있었다.

일신에 흐르는 진득한 살기. 우수에 쥐어진 장검.

전형적인 살수의 모습을 한 흑의복면인들은 그녀를 보며 두 눈에 짙은 살기를 뿜어냈다.

그들 중 가운데에 있는 흑의복면인이 나직한 소리로 외쳤다.

"너를 찾기 위해 많은 시간과 인력을 투자했다. 하지만 기어코 찾아낼 수 있게 되었구나."

악소채는 그들을 노려보며 담담한 음성을 했다.

"나를 죽이러 온 건가요?"

"그렇다. 행여 이적산이 널 구하러 오리란 기대는 하지 않는 게 좋을 게다. 놈은 다른 녀석들을 잡기 위해 정신이 없을 테니까."

"당신은……. 아니 당신을 이곳까지 보낸 자들은 누구죠?"

"그것은 저승 가서 직접 알아보거라."

중앙의 흑의복면인은 소리 없이 그녀 앞으로 다가오며 곧장 검을 찔러왔다.
눈 한 번 깜박이면 그대로 가슴이 찔릴 순간.
파앗!
갑자기 옆에서부터 날카로운 파공음이 들려왔다.
그대로 검을 내뻗는다면 악소채를 죽일 수 있었으나, 그렇게 된다면 암기에 의해 자신의 머리가 박살 날 것은 뻔한 일.
흑의복면인은 재빨리 검끝을 꺾으며 암기가 날아온 곳을 향해 검을 휘둘렀다.
땅!
맑은 금속성이 터져 나왔다.
흑의복면인은 그 힘에 의해 자신의 검이 조금 위로 튕겨짐을 느끼곤 황급히 검을 잡은 손에 힘을 주었다.
"돌?"
투둑거리며 바닥에 구르는 돌멩이를 보며 흑의복면인은 어처구니없다는 눈빛을 했다.
자신의 검을 막은 게 고작 돌멩이에 지나지 않다니…….
"불청객 주제에 검까지 휘두르다니 무례한 자들이로군."
그때 다소 여유 있는 말소리와 함께 동굴 안으로 천천히 한 백의청년이 걸어 들어오고 있었다.
그는 잔돌멩이들을 손에 쥔 채 만지작거리고 있었는데, 바로 백리휴였다.

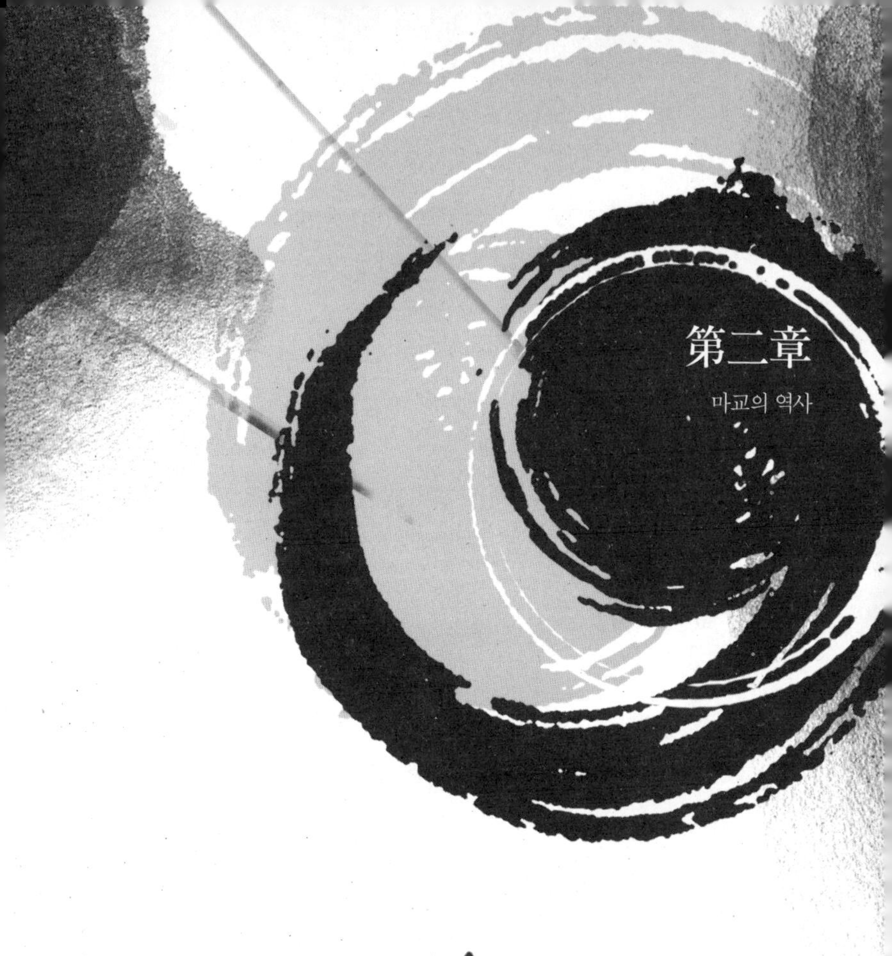

第二章

마교의 역사

면왕 백리휴

"……!"

악소채는 백의청년을 보며 두 눈에 이채를 떠올렸다.

"죽어라!"

좌우에 서 있던 흑의복면인은 백리휴가 나타나자 번개같이 신형을 움직이며 단숨에 그를 베어갔다.

쐐애애액…….

전광석화를 방불케 하는 신법.

그들이 휘두르는 검들은 그보다 몇 배는 더 빨랐다.

아차 하면 그대로 두 명의 흑의복면인이 휘두르는 검에 의해 난도질 당할 순간.

"생각보다 쉽지는 않을 겁니다."

백리휴는 담담히 중얼거리며 손에 쥐고 있던 돌멩이들을 휙 던졌다.

따악! 따닥!

"크윽……."

"큭……."

둔탁한 소리와 함께 주춤거리며 뒤로 물러선 두 명의 흑의복면인의 입에서 짧은 신음성이 터져 나온 것은 그 다음에 벌어진 일이었다.

먼저 검을 휘두르는 두 명이었으나 나중에 던진 백리휴의 돌멩이에 의해 가슴을 가격당하고야 만 것이었다.

그 틈을 이용해 백리휴는 번개같이 몸을 날려 악소채 앞으로 내려섰다.

"살수인 것 같은데 그냥 돌아간다면 없던 일로 하겠소."

맨 처음 중앙에 있던 흑의복면인이 그를 보며 신음처럼 중얼거렸다.

"생각보다 영악한 놈이로군. 방심한 사이에 그녀 곁으로 가다니, 그렇다고 해서 달라질 건 없겠지만……."

백리휴는 여전히 담담한 눈빛을 했다.

"글쎄. 당신은 어떨는지 모르겠지만 이제 얼마 지나지 않으면 곧 사람들이 몰려 올거라는 게 내 생각이오."

"……!"

흑의복면인의 두 눈에서 초조한 빛이 떠올랐다.
“그렇다면 서둘러야겠구나.”
패앵!
갑자기 그의 신형이 용수철처럼 튀어나오며 곧장 검을 휘둘러 왔다.
실로 눈에도 보이지 않을 만큼의 빠른 쾌검.
이에 반해 백리휴는 다소 느릿한 움직임으로 허리에 찬 백문검을 스릉 뽑았다.
뽑는 순간 그의 검은 눈앞으로 꽂힐 듯 날아오는 검과 그대로 충돌했다.
가각!
백문검이 흑의복면인의 검과 충돌하면서 튕겨지는 대신 마치 나무를 타고 오르는 뱀처럼 검신을 타고 검을 잡고 있는 흑의복면인의 손목까지 미끄러지듯 움직였다.
‘헛…….’
흑의복면인은 내심 다급히 헛바람을 들이켰다.
아차 하면 손목이 그대로 날아갈 수 있는 일, 그는 지체 없이 왼쪽 발로 지면을 박차며 뒤로 튕겨져 날아갔다.
그가 밀려 나가자 다른 두 명이 재빨리 검을 휘두르며 백리휴의 좌우에게 공격해 왔다.
츠파파팟…….
검기가 요동치듯 날아들었다.

'대검심문…….'

백리휴는 내심 백문검법 중 첫 번째인 대검심문을 떠올리며 수중의 백문검을 비스듬히 휘둘렀다.

스웅…….

그의 검이 부드럽게 허공에서 원을 그리자 날아들던 두 개의 검이 무형의 벽에 가로막히기라도 한듯 투둥거리는 소리와 함께 튕겨 나갔다.

단지 그것만이 아니었다.

밀려선 두 명의 입에선 '으음' 하는 신음성이 흘러나왔다.

파앗…….

검과 검들이 충돌한 순간에 뒤늦게 백리휴의 검에서 알 수 없는 검기가 마치 자석처럼 달라붙으며 그들의 가슴을 벤 것이었다.

반응이 조금만 늦었다면 그대로 가슴이 갈라져 죽을 뻔한 상황이었다.

"제법이로구나!"

먼저 물러났던 흑의복면 두 명이 밀려나기가 무섭게 달려들며 검을 휘둘러왔다.

우웅…….

그의 검끝에서 요란한 울음을 토했다.

흡사 귀곡성 같은 기분 나쁜 소리였는데, 그로부터 은은한 핏빛 기운이 흘러나오며 거미줄처럼 백리휴의 몸을 휘감아가는 것이었다.

"그러나 혈혼마검(血魂魔劍) 아래선 결코 살아날 수 없을 터!"

본래 살수들은 그 특성상 무음무색의 검법을 주로 사용한다. 그것은 상대로 하여금 눈치채지 못하게 하며 목숨을 빼앗기 때문인데, 흑의복면인이 혈혼마검을 사용했다는 것은 그만큼 위력이 뛰어나다는 의미였다.

츠츠츠층…….

때를 맞추어 두 명의 흑의복면인 역시 좌우에서 그의 옆구리를 찔러왔다.

백리휴는 발끝으로 바닥을 가볍게 차올렸다.

그러자 바닥에 떨어져 있던 돌멩이들 몇 개가 튀어 올랐고, 튀어 오른 돌멩이들을 손에 쥔 백리휴는 즉시 그들을 향해 돌멩이를 던졌다.

파앗!

그것은 단순히 던진 것이 아니었다. 천수암왕 당천효의 사대암기 중의 하나였던 비선광. 바로 그것을 돌멩이들을 이용하여 펼친 것이었다.

퍽!퍼퍽!

달려들던 두 명의 흑의복면인의 신형이 크게 흔들렸다.

"크악!"

"컥!"

피하고 말고 할 틈도 없이 날아든 돌멩이에 의해 그들의 이마가 격중된 채 짧은 단말마를 지르며 그대로 바닥에 나뒹굴고야 말았다. 그대로 절명한 것이었다.

실로 눈 깜박할 사이에 두 명을 처치한 백리휴는 동시에 눈앞으로 날아오는 검을 향해 백문검으로 빠르게 그어갔다.

휘이익…….

다시 한 번 펼쳐진 대검심문.

단지 검에 대하여 논하라는 의미를 담고 있는 이 일초는 무심도법의 베기인 무심절과 같았으나 기이한 흐름을 담고 있었다.

그것은 뭐라고 딱 꼬집어 표현할 수 없는 것이었으나, 그가 검을 휘두르자 흑의복면인의 검끝에서 흘러나온 거미줄 같은 핏빛의 검기가 그대로 흔적도 없이 사라지는 것이었다.

마치 봄날의 햇살 아래에 녹아내리는 눈과 같았다고 할까.

검이 곧장 흑의복면인에게로 날아가자, 흑의복면인 역시 지체하지 않고 검을 마주쳐 갔다.

깡!

검과 검이 충돌하자 흑의복면인은 나지막한 신음을 흘리며 뒤로 주륵 밀려났다.

"윽……."

픽…….

검을 잡고 있던 손등이 갈라지며 핏물이 번져 올랐다.

검기에 의한 상처였다. 일반적으로 검기란 검에 의해 발생되는 기운이다. 그러므로 검기란 검에 앞서 상대를 베거나 공격한다. 그러나 지금 백리휴가 펼친 검은 오히려 검기가 늦게 발생되었는데, 그 때문인지 막는 게 거의 불가능할 정도였다.

'대검심문은 검의 본질에 대한 검초…….'

내심 중얼거린 백리휴는 다시 한 번 백문검을 흑의복면인을 향해 휘둘러 갔다.

그가 생각하는 검의 본질이란 결국 살인병기, 그러므로 대검심문은 상대를 제압하는 가장 효율적인 검초라고 할 수 있었다.

깡! 까깡!

연달아 검이 충돌했다.

팟팟…….

"크으윽……."

흑의복면인은 가슴이 불로 지진듯 화끈한 통증을 느끼고는 무거운 신음을 터뜨리고야 말았다.

어느 틈엔가 그의 가슴 옷자락은 길게 베어져 있었는데, 갈라진 옷자락 사이에서 핏물이 베어 나오고 있었다.

"네놈은 누구냐?"

흑의복면인은 백리휴를 노려보며 소리치듯 물었다.

백리휴는 짧게 대답했다.

"식객……."

"태평장에 네놈 같은 인물이 있다는 소릴 못 들었는데……."

"정보가 늦는 것 같구료."

"오늘은 이만 물러서도록 하지. 그러나 다음엔 반드시 목숨을 가져가겠다. 너희 둘 다……."

그는 바닥에다 뭔가를 내던졌다.

펑…….

폭음과 함께 자욱한 연기가 삽시간에 사방으로 퍼졌다. 잠시 후, 모든 연막이 걷혔을 땐 이미 그의 모습은 자취도 없이 사라진 뒤였다.

"괜찮습니까?"

그때 십 줄기의 인영이 동굴 안으로 날아들며 다급한 소리로 물어왔다.

그들은 모두 태평장의 무사들이었다. 그들 중 앞에 선 채 다급히 물어오는 짙은 흑의차림의 노인은 바로 태평장의 장주인 이적산이었다.

그가 나타나자 악소채는 고개를 끄덕였다.

"저는 이상이 없습니다, 장주님……. 때마침 공자님께서 나타나 살수들을 물리쳐 주셨습니다."

"오오……."

무사들은 일제히 고개를 끄덕였다.

그러더니 밖을 향해 나직이 소리치는 것이었다.

"모두들 걱정 마라."

"신녀님께선 무사하시다!"

동굴 밖에서 '와아' 하는 함성이 들려왔다.

'신녀…….'

백리휴의 얼굴이 굳어졌다.

어려서부터 학문을 닦아온 그였기에 지금 무사들이 말하는 신녀의 의미를 알고 있기 때문이었다.

이때 무사들이 악소채를 호위하다시피 한 채 동굴 밖으로 데리고 나갔다.

그제서야 이적산은 그에게 고개를 돌린 채 입을 열었다.

"일단 고맙다는 말부터 해야겠군."

"아닙니다."

"어떤가? 어차피 잠을 자긴 그른 것 같으니 술이라도 한잔 하지 않을 텐가?"

"아무래도 그래야 할 것 같군요."

"자, 그럼 가세나."

이적산과 백리휴는 이내 동굴 밖으로 나갔다.

*　　*　　*

실내엔 은은한 주향이 감돌았다.

방 안의 탁자를 가운데 두고 이적산과 백리휴는 술잔을 기울이고 있었다.

"이렇게 술 마시는 것도 실로 오랜만이로군."

이적산은 자신 앞에 놓인 술잔을 들어 가볍게 입술을 적셨다.

지그시 두 눈을 감은 채 술맛을 음미하듯이 마시는 것이었다.

"자네가 태평장에 있은지 얼마나 되었지?"

백리휴는 지체 없이 대답했다.

"이제 한 달이 조금 넘어갑니다."

"그래. 내상은 많은 치료되었는지 모르겠군."

"많이 좋아졌습니다."

사실 백리휴는 이곳에 올 때까지만 해도 몸이 말이 아닌 상황이었다.

관군들이 쏜 포탄으로 인해 피부에 크고 작은 상처들이 많았을 뿐만 아니라 내상은 치명적이라고 할 정도로 심각했었다.

다행히 백리휴는 자신의 상처를 스스로 치료할 수 있었다. 그것은 그가 우공에게서 받은 두 권의 책을 모두 익혔기 때문인데, 그중 하나가 바로 독에 관한 것이었다. 거꾸로 생각한다면 독은 일종의 약이나 다름없었다.

하여간 지난 한 달 넘게 백리휴가 내상에 필요한 약을 요구하면 이적산은 즉각 약들을 내주었던 것이었다.

어느 틈엔가 새하얗던 그의 백발도 지금은 희끗하게 변하였고, 이대로 얼마 지난다면 다시 검은 흑발로 돌아갈 수 있었다.

"자네는 우리 태평장에 대해서 어떻게 생각하나?"

문득 이적산은 낮은 음성으로 물어왔다.

백리휴는 뜻밖의 질문에 의아한 얼굴을 했다.

"무슨 말씀이신지……."

"아까 무사들이 하는 말을 들었을 걸세. 게다가 지난 한 달 동안 우리 태평장에 있었으니 이곳이 일반 장원들과는 다르다는 걸 느꼈겠지."

"그렇긴 합니다."

그는 지체 없이 고개를 끄덕였다.

사실 이때의 신분계급은 사농공상이라고 해서 선비나 관인 계급을 최고로 쳤고, 마지막이 상인이었다. 물론 근자에 들어 상인들의 지위가 현격히 향상되었다고는 하지만 법적인 신분계급제 아래서는 그랬다.

사농공상의 아랫계급으로 인간 취급도 못받는 존재가 바로 노예들이었다. 그들은 사람 탈만 썼을 뿐 실제로는 소나 돼지 등 가축보다 못한 존재로 여겨졌다.

그런데 태평장 내에서는 일반적인 하인이나 노예 등의 구분이 없을 뿐만 아니라 모두가 평등하게 대우받고 있었다.

그 점이 바로 태평장이 여타 장원들과 다른 점이었다.

"태평장에서는 위아래 구분이 없더군요. 물론 직급은 있지만 말입니다."

"거북하지는 않던가?"

"오히려 편하게 느껴졌습니다."

이적산의 물음에 백리휴는 고개를 저으며 말했다.

"다행이로군."

이적산은 잠시 그를 보며 뭔가를 생각하는 듯 슬쩍 눈썹을 찌푸렸다. 그러더니 이내 재차 입을 열었다.

"자네는 혹시 백련교(白蓮教)에 대해서 알고 있는가?"

백리휴는 고개를 끄덕였다.

"소생이 알고 있는 것은 백련교가 송나라 때 시작되었다는 것과 황실로부터 마교로 규정되어 지금은 멸망당했다는 정도입니다."

백련교는 남송 초 고종 때에 모자원(茅子元:?~1166)을 교조하여 시작되는데, 교리는 하늘과 땅이 개벽하고 다음 개벽까지의 시기를 나타내는 불교의 겁(劫)사상과 미륵사상이 결합하여 새로운 겁, 즉 후천의 개벽시대가 오면 피폐하고 부조리한 이 세상을 미륵불이 내려와 개혁하고 인간들을 구원한다는 것이었다.

그러한 교리 때문인지 신분계급 제도하에서 하층민중들이 대부분 신도들이었고, 원나라 때에는 반원세력이 되어 주원장을 도와 명을 개국하는데 지대한 공을 세우게 된다.

그러나 지나치게 지배계층을 적대시하는 그들의 교리로 인해 위기를 느낀 명 황실은 그들을 마교로 규정하고 대대적인 토벌을 하였기에 지금은 거의 사라졌다고 해도 과언이 아니었다.

"마교라……."

나직이 중얼거리던 이적산은 차가운 눈빛을 했다.

"주원장은 인면수심의 짐승이지. 놈은 백련교의 힘을 빌려 이 땅을 차지해 놓고선 백련교를 토벌했네. 그것도 마교라는 누명을 씌운 채……."

"……."

"자네도 짐작하겠지만 여기 태평장은 살아남은 백련교의 후예들이 만든 터전일세."

"으음……."

백리휴는 자신도 모르게 신음을 흘렸다

예상은 하고 있었으나 그에게서 직접 얘기를 듣고 보자니 놀라웠던 것이다.

마교.

황실에 의해 사악한 종교집단으로 규정된 이 단체는 강호에서도 악마의 근원으로 알려져 있었다.

형상은 인간이되 피와 살육을 즐기는 마두들의 요람으로 알려진 마교는 악마를 숭배하는 사악한 교리로 인해 피와 살육을 즐기는 것으로 알려져 왔다.

그랬기에 같은 마도인에게서조차 마교는 공포의 대명사였고, 입에 담아서는 안 될 금기의 단어였다

그 사악한 만행에 의해 흑백양도의 공적으로 지목되어 합공을 받은 뒤 멸망했다고 알려진 것이 거의 백 년 전의 일이었다.

그런데 그런 마교가 여전히 존재하고 있었다니 실로 충격적일 만큼 놀라운 사실이 아닐 수 없었다.

"주원장은 한때 우리 백련교의 충실한 교도였네. 그가 명을 세우고 이 땅의 주인이 되기까지 백련교의 힘이 적지 않게 작용했네. 그러나 그가 황제가 된 뒤 돌연 그는 백련교를 탄압하기 시작했지. 자넨 그 이유를 알겠는가?"

"모르겠습니다."

"백련교를 겁낸 것이지. 만에 하나 백련교도들이 황실에 반발한다면 나라가 망할 수도 있는 일이니까."

백련교가 명 황실로부터 마교로 불리워지게 된 것은 그들의 교리 때문이라고 할 수 있었다.

백련교의 교리에 의하면 이 세상은 명(明)과 암(暗)의 두 세력으로 이뤄져 있는데, 현재의 세상은 암이고 언젠가 미륵불이 내려와 세상을 밝음으로 이끈다고 했다.

결국 교리대로 하자면 이 땅의 새로운 주인이 된 주원장은 암일 수밖에 없었다.

여러 가지 요인들도 있었지만 이것이 백련교가 마교가 지

탄을 받게 된 가장 큰 이유라고 할 수 있었다.

또한 일종의 비밀종교결사 집단임에도 불구하고 교도의 숫자가 원체 많았던 것도 한 이유였다.

"한마디로 우리 백련교도가 한꺼번에 봉기한다면 정권 차원에서 결코 무시할 수 있는 일이 아니었지."

"그래서 그러한 위험을 예방하고자 황실에서 백련교를 마교로 몰고 모두 처단했다는 말씀이로군요."

"그 과정에서 황실은 강호의 힘을 이용했네. 우리 백련교를 마교로 규정하고 정의라는 이름하에 강호의 문파들로 하여금 백련교를 치게 한 것일세. 결국 황실의 의도대로 우리 백련교는 거의 멸망하다시피 했고, 강호의 문파들은 많은 힘을 잃고야 말았지."

"일거양득인 셈이로군요. 하지만 황실에서 굳이 그렇게 할 필요가 있었을까요?"

"앞서 말한 대로 우리 백련교의 힘을 겁낸 까닭과 강호에 있는 각파들의 힘을 약화시키기 위한 최선의 선택이었네. 게다가 사사로이는 주원장이 젊은 시절 백련교도였다는 사실을 아무도 모르게 하고 싶었겠지. 황제가 한낱 종교집단의 교도였다는 건 어쩌면 수치스런 사실일 수도 있으니까."

"하긴……. 그럴 수도 있겠습니다."

백리휴는 이적산의 말을 들으며 고개를 끄덕였다.

황제는 인간이라기보다는 신에 가까운 존재였다.

그런 황제가 종교의 우두머리도 아니고 한낱 교도에 지나지 않았다는 건 그리 자랑스런 과거가 아니라는 건 누구나 생각할 수 있는 일이었다.

'주원장이 성정이 매우 흉폭한 황제였다는 건 기록에도 나와 있다. 그는 만인을 죽여 황제가 되었고, 보위에 오른 뒤에도 수많은 신하들의 목숨을 빼앗았었다.'

백리휴는 내심 탄식했다.

한 사람의 생각으로 인해 얼마나 많은 목숨들이 희생을 한 것인가?

실로 안타까운 일이 아닐 수 없었다.

"그렇다면 백련교는 억울하게 누명을 쓴 것일 뿐 마교가 아니라는 말씀이로군요."

"그것은 전혀 아니라고 할 수 없군."

백리휴의 말에 뜻밖에도 이적산은 무거운 얼굴을 한 채 고개를 저었다.

"지금까지 하신 말씀은 백련교가 마교와 무관하다고 알아들었습니다만……."

백리휴가 곤혹스런 얼굴을 한 채 그를 바라보았다.

이적산은 길게 탄식을 터뜨렸다.

"본래 백련교 내에는 수많은 지파들이 존재하네만 크게 신녀파와 천마파로 나눠지지."

"신녀파와 천마파……."

“이는 백련교의 교리에 의하면 이 세상은 명과 암으로 나눠진다네. 지금 현 세상이 어둠이라면 곧 다가올 세상은 밝음이지.”

“아…….”

“신녀파란 그 밝음을 따르는 자들로 달리 성화미륵불파(聖火彌勒佛派)라고도 한다네. 그완 달리 이 세상이 어두움으로 되어 있고, 그 어둠을 물리치기 위해 현재의 세상을 파괴해야 한다고 주장하는 혼돈겁륜파(混沌劫倫派)가 있네.”

“그 두 가지가 차이가 있는 겁니까?”

“성화미륵불파는 곧 다가올 미륵불의 세상을 위해 현 세상을 좀 더 밝게 구도해야 한다는 것이지. 그 중심이 되는 존재가 바로 신녀일세.”

“…….”

“이에 반해 혼돈겁륜파는 새로운 미래를 위해 지금의 세상을 철저히 파괴하여 새롭게 창조해야 한다는 교리를 가지고 있네. 그들은 자신들의 우두머리를 천마라고 부르지.”

“천마!”

백리휴의 입에서 비명 같은 외침이 터져 나왔다.

비록 그가 강호의 일에 대해 문외한이기는 해도 천마란 이름은 모를 수가 없었다.

전율과 공포의 대명사인 천마.

사실 백련교가 강호인은 물론이고 일반 평민들에게까지

두려움이 대상이 된 것은 교주인 천마 때문이라고 할 수 있었다.

악마의 현신이라고 불리운 천마가 나타날 때마다 천하는 씻을 수 없을 정도의 혈란에 겪어야만 했는데, 그럴 때마다 강호에 몸을 담고 있는 무인들은 씨가 마를 정도였다.

그런 천마가 백련교의 혼돈겁륜파 우두머리라니 놀랍다 못해 어안이 벙벙해질 지경이었다.

"사실 천마가 우리 백련교의 양대 세력 중의 하나에 지나지 않지만 일반인들은 천마를 백련교 자체로 받아들이고 있네. 그만큼 천마가 천하에 끼친 악영향은 큰 것이었지. 그것은 신녀파의 교령인 나조차도 부인할 수 없는 일일세."

이적산은 여전히 무거운 얼굴을 했다.

백리휴는 이해가 가지 않는다는 얼굴을 했다.

"백련교 내에서 천마를 제어할 수 없다는 말씀이십니까? 혼원겁륜파가 백련교의 이대파벌 중의 하나에 지나지 않는다면 충분히 백련교 자체 내에서 천마의 행동에 제동을 걸 수 있었을 텐데요."

"백련교가 초기부터 많은 파벌이 존재했던 것은 그 나름대로의 역할이 있었기 때문일세. 어느 파는 자금을 담당하고, 다른 파는 교리를 가리키고, 또 다른 파는 조직을 정비하는 등. 그것이 세월이 흐르고 신녀파와 천마파로 양분되면서 교법(敎法)은 우리가, 그리고 형법(刑法)은 천마가 가지게 되었다네."

교법이란 백련교도들에게 교리를 가리키는 권리를 말하며 이에 반해 형법이란 교도들을 교리에 맞게 처형할 수 있는 권한, 즉 힘을 말한다.

"천마를 제어할 힘이 없으셨단 말씀이십니까?"

"그렇지. 무력으로 따지자면 백련교 내에서 그 어떤 존재보다 강한 자가 바로 천마일세."

백리휴의 물음에 이적산은 고개를 절레절레 흔들었다.

천마의 강력함은 백련교뿐만 아니라 천하를 통틀어도 거의 적수가 없을 정도였다.

"아까 황실의 명을 받아 각파의 무사들이 백련교를 공격했다고 했는데, 당시 백련교가 무너졌다면 천마 역시 그때 죽은 것이겠군요."

"천마는 죽었네. 표면적으로는……."

"실제적으로는 죽지 않았다는 말씀이십니까?"

"정확히 백련교가 중원에서 쫓겨나 이곳 광동으로 밀려난 게 벌써 백년이 넘었네. 천마가 죽었는지 안 죽었는지 당시 그 자리에 있었던 자가 아무도 없으니 알 수 없는 일이지. 다만……."

"……?"

"백련교의 교리에 의하면, 아니 우리 성화미륵불파의 교리에 의하면 후세에 인간들을 구원할 미륵불이고, 신녀는 미륵불이 현신할 때까지만 사람들을 이끌어주는 존재에 지나지 않네."

"천마는 다르다는 겁니까?"

"혼돈겁륜파에 있어서 천마는 완전무결한 신일세. 즉 후세에 올 미륵불도 그이고, 현세에 고통받는 교도들을 이끌 신녀도 그인 거지. 교리에 의하면 천마는 신……. 신은 죽지 않는 존재이니, 난 그가 생물학적으로 죽었다고 볼 수 없다는 생각일세."

"……?"

실로 의미심장한 말이었다.

외부적으로 알려지기는 천마는 마교의 멸망 때 함께 죽었다고 알려졌었다.

그러나 이적산의 말대로, 아니 혼돈겁륜파의 교리대로 하자면 그는 죽을래야 죽을 수 없는 존재가 아닌가.

말을 한 뒤 이적산은 목이 타는지 술을 한잔 더 들이켰다.

"전에 난 자네에게 내가 청운장의 지하까지 갔던 것은 누군가를 추적하기 위해서라고 말한 것으로 기억하고 있네."

백리휴는 즉시 고개를 끄덕였다.

"그렇습니다. 하면 장주님께서 추적하신다는 자가……?"

"천마일세. 나는 신녀파를 지키는 교령의 신분……. 오랜 세월 동안 천마의 흔적을 찾아왔지. 그리고 얼마 전부터 그 흔적을 발견할 수 있었지."

"……!"

백리휴는 입을 쩍 벌렸다.

설마했건만 이적산의 말은 백 년 전에 죽었다고 알려진 천마가 아직도 살아 있다는 말이었기 때문이었다.

백 년 전에 천마의 나이가 적지 않았으니 지금까지 살아 있었다면 적어도 백오십 살은 넘었으리라. 인간이 그렇게 오랫동안 살 수 있다는 게 쉽게 이해가 가지 않았다.

'정말 당시의 천마가 아직까지도 살아 있다면 그는 신이나 다름없는 자겠구나. 인간이 어찌 그렇게 오랫동안 장수할 수 있단 말인가?'

어쩌면 천마는 신에 가까운 능력을 소유한 존재일런지도 몰랐다.

아니면 악마에 가깝다던가…….

"갑자기 소생에게 이러한 말씀을 해주신 것은 달리 이유가 있어서라고 생각됩니다."

백리휴는 무거운 한숨을 내쉬며 그를 바라보았다.

이적산은 빙그레 미소 지었다.

"사실 광동은 백 년 전 백련교의 본거지였네. 당시는 황실에 의해 마교라고 불렀지만 강호에선 조금 다른 명칭으로도 불리웠네."

"다른 명칭이라고 하시면……?"

"단순한 마교가 아닌 십만마교라고 불리웠지."

"십만마교?"

백리휴는 의아한듯 입 안으로 가만히 되뇌었다.

이적산이 말했다.

"십만마교란 의미는 당시 마교의 교도 숫자가 십만 명이라는 상징적인 의미와 마교의 본거지가 광동에 있는 십만대산(十萬大山)이기 때문이었네."

"십만대산이라……. 조금은 생소한 지명입니다."

"그럴 걸세. 사실 그곳은 여러 개의 산이 모여 있는 산맥과 같은 곳일세. 광동의 토박이들 중에서도 그곳을 아는 자들은 그리 많지 않다네."

여기까지 말한 이적산은 문득 무거운 눈빛을 한 채 그를 주시했다.

"어떤가? 자네, 나와 함께 그곳을 가보지 않겠는가?"

뜻밖의 제의에 백리휴는 두 눈을 크게 떴다.

"제가 말입니까?"

"마침 그곳은 내가 거래하고 있는 차밭이 있네. 이번엔 차밭 주인과 계약하는 일뿐 달리 할 일도 없으니 쉴 겸해서 갈 생각이네."

"소생은 종교에 그리 관심이 없습니다."

"허허……. 자넨 내가 자네를 우리 백련교로 끌어들이기 위해 그런다고 생각하는가?"

"죄송합니다……."

백리휴는 약간 머쓱한 표정을 했다.

그런 그를 보며 이적산은 부드럽게 미소 지었다.

"난 그저 자네와 함께 여행을 한다면 편할 거라고 해서 말하는 것뿐이네."

"하면 언제 떠나실 생각이십니까?"

"이삼일 후가 적당하겠군. 마차를 이용한다면 그리 오래 걸리지도 않을 걸세."

"소생도 그렇게 알고 있겠습니다. 그럼 이만……."

"그러게. 마침 술도 다 떨어졌군."

백리휴는 그에게 고개를 숙여 보인 뒤 방을 나섰다.

방 안에 홀로 남은 이적산은 나직이 중얼거렸다.

"예언이 맞기만을 기다려야겠군."

예언이라니 대체 무슨 말일까?

"그가 만약 예언에서 말한 그 존재가 아니라면 백련교는 다시 한 번 오랜 세월을 숨죽여 지내야만 할 테니까."

이적산.

태평장의 장주이자 신녀파인 성화미륵불파의 교령이기도 한 그의 독백은 아주 오랫동안 방 안에 무겁게 내려앉아 있었다.

실로 알 수 없는 말이었다.

* * *

다음 날 아침.

제법 이른 시간에 백리휴는 청화의 방문을 받았다.

"공자님, 장주님께서 찾으세요."

"무슨 일로?"

"모르겠어요. 아무튼 모셔 오시래요."

"앞장서거라."

백리휴는 청화를 따라 방을 나섰다.

잠시 후, 청화가 그를 안내한 곳은 이적산의 거처가 아닌 후원에 있는 작은 정자였다.

정자 안 탁자 앞에 이적산이 앉아 있었는데, 그 외에도 다른 한 명도 있었다. 눈부실 정도로 아름다운 백의소녀, 백련교 내 성화미륵불파의 정신적 지주라고 할 수 있는 악소채였다.

이적산은 백리휴가 정자 안으로 들어오자 미소 지은 채 반겼다.

"어서 오게. 아직 아침을 먹기 전인 것 같은데 같이 식사나 하자고 불렀네. 일단 앉게."

"예."

백리휴가 탁자 앞에 앉자 이적산은 입을 열었다.

"그러고 보니 어제 보았겠지만 서로 인사는 없었겠군. 여기는 백리휴라고 하는 면수 지망생입니다. 아가씨……."

악소채는 가볍게 고개를 숙여 보였다.

"악소채라고 합니다. 한 달 전에도 한 번 뵈었죠?"

한 달 전이라면 연못에서 있었던 일을 말하는 것이리라.

백리휴는 다소 당황한 얼굴을 하며 얼른 포권을 했다.

"아, 예. 그때는 소생이 실수를 한 것 같습니다."

"응? 그러고 보니 둘 사이에 내가 모르는 무슨 일이라도 있었던 모양일세."

"사소한 오해였습니다. 장주님……."

악소채는 이적산을 보며 담담한 얼굴을 했다.

이때 그들이 있는 정자 안으로 상노인이 국수가 담긴 그릇을 가져와 탁자 위에 내려 놓았다.

"맛있게 드십시오."

"수고했네."

이적산이 고개를 끄덕이자 상노인은 이내 물러섰다.

"이부면이로군요."

백리휴는 탁자 위에 놓인 국수를 보면서 감탄한 얼굴을 했다.

냄새만 맡았을 뿐인데도 저절로 입에 군침이 돌았다.

"상노인이 만든 이부면은 가히 최고라고 할 수 있네. 아가씨, 식사를 하시죠."

이적산의 말에 모두들 젓가락을 들고 이부면을 먹기 시작했다.

후르륵……. 후륵…….

백리휴는 입 안 가득 퍼지는 강렬한 바닷내음에 내심 탄성을 터뜨렸다.

보통은 바닷내음이라고 한다면 비린내를 연상케 하나 지금 그의 입속에서 퍼지는 내음은 시원하면서도 입에 착착 감겼다.

'전에 섬전창 형오란 분이 만들어준 이부면도 괜찮기는 했으나 이와 같은 맛이 나지 않았다. 바닷내음, 아니 정확히는 바닷바람이 입 안에서 부는 것 같다. 가만?

문득 그는 뭔가 떠오른 얼굴을 했다.

'이부면의 본래 명칭이 해육회이면이라고 했지. 여기서 해자는 게를 의미하는 것……. 그러니까 해육이라고 한다면 게살을 말하는 거겠군.'

상노인이 말하지 않았던가.

제대로 된 요리를 만들기 위해선 여우의 꾀와 매의 눈, 그리고 곰의 우직함이 있어야 한다고…….

'여우의 꾀란 결국은 지혜를 말하는 것이다. 즉 해육회이면에서 밀가루 외에 게살이 들어간다는 의미일 터…….'

그렇다면 어떻게 게살이 들어간단 말인가.

그는 젓가락으로 이부면을 휘휘 저어보였다.

몇 개의 채소들로 이뤄진 고명을 제외한다면 국물에 걸리는 것은 없었다.

그것을 본 이적산이 의아한 듯 물었다.

"이부면이 맛이 없는가?"

백리휴는 고개를 저었다.

"아닙니다. 다만 상노인께서 소생에게 어려운 문제를 내주셨는데 오늘에서야 간신히 실마리를 알아낸 듯해서요."

"호오, 무슨 문제인지 모르지만 풀었다는 말이로군."

"아직은 그렇게 말할 정도가 아닙니다."

"상노인이 문제를 내줬다면 필시 요리에 관한 것이겠군. 이부면에 대한 것인가?"

"그렇습니다. 아무래도 이부면엔 비밀이 많은 것 같습니다."

"이부면에 비밀이 있다고?"

이적산은 의아한 듯 자신이 먹고 있던 이부면이 담긴 그릇을 내려다 보았다.

백리휴는 빙그레 웃었다.

"이부면에서 시원한 바닷내음이 느껴집니다. 그래서 특별한 바다 해산물이라도 넣은 줄 알았는데 그게 아니더군요."

"허허……. 그게 상노인만의 비법이 아니겠나? 참, 이따 식사를 마친 후에 신녀님, 아니 우리 아가씨를 모시고 마을 구경을 다녀오지 않겠는가?"

뜻밖의 말에 백리휴는 앞에 묵묵히 국수를 먹고 있는 악소채에게로 시선을 던졌다.

"소생은 여기에 온지 이제 겨우 한 달이 조금 넘었을 정돕니다."

"청화를 붙여줄 테니까 둘이서 마을을 둘러보라는 것일세. 사실 우리 아가씨는 몇 년째 이 태평장을 벗어난 적도 없었다네."

한마디로 악소채의 기분전환을 위해 백리휴를 딸려 보낸다는 의미였다.

백리휴는 고개를 끄덕였다.

"괜찮다면 말씀대로 따르도록 하겠습니다."

"그럴 줄 알았네. 오늘따라 이부면 맛이 좋구만."

계양은 크지는 않으나 강을 끼고 있어 매우 활기찬 도시라고 할 수 있었다.

일반적인 강촌(江村)처럼 조용하면서도 강과 바다를 오가는 사람들로 부산하게 움직이고 있었는데, 그렇기에 계양은 도시 규모에 비해 제법 주루가 많았다.

"백리 공자님의 고향이 서안이라고 하셨지요?"

마을을 구경하며 걸어가던 악소채가 문득 궁금한 듯 물어왔다.

백리휴는 고개를 끄덕였다.

"그렇습니다. 벌써 서안을 떠나온 지가 일 년이 가까워지는 것 같습니다."

"서안은 멋진 곳이겠지요. 책에서 보니 볼 것도 많다고 하던데요."

"고도이니까요. 덕분에 볼 것은 조금 있습니다만 조금은 답답한 곳이지요. 악 소저, 아니 신녀님이라고 해야겠군요."

"아니에요. 백리 공자님에게까지 신녀라는 소리는 듣고 싶지 않군요."

어딘가 쓸쓸함이 베여 있는 그녀의 음성이었다.

백리휴는 조용한 음성으로 말했다.

"그렇다면 이제부턴 악 소저라고 부르겠습니다."

"고마워요. 사실 저는 한 번도 태평장을 벗어난 적이 없어요."

백련교에서 신녀는 매우 특별한 존재였다.

성화를 지키는 수호의 의무를 가지고 있으면서 다음 대에 미륵불이 현신할 때까지 백성들을 살펴야 하는 위치였다.

가히 반신의 존재와 같은 그녀의 존재였으나 바로 그러한 점 때문에 인간이 누려야 하는 소소한 기쁨조차도 얻지 못했다.

'결국 이제까지 태평장 안에서 갇혀 지냈다는 말이로군. 그녀가 백련교의 신녀이니 모두의 추앙을 받았겠지만 자신의 마음대로 할 수 있는 것도 없겠지.'

백리휴는 내심 안타까운 마음이 들었다.

그녀는 백련교에 있어선 박제화된 신과 같은 존재라고 할까.

피와 살로 이뤄진 인간이지만 그녀는 인간이어선 안 되는 존재였다. 적어도 백련교도들에게 있어선 그랬다.

사실 이적산의 부탁 때문이긴 했지만 그가 아침부터 악소채와 함께 태평장을 나와서 한 것이란 마을 여기저기를 둘러보는 게 고작이었다.

마을을 잘 모르기도 했지만 여자와 함께 뭔가를 함께 본다는 것이 익숙하지 않은 탓이었다.

'그럼 점심 때도 다 되가는 것 같은데 주루에 가서 식사라도 해야 할까?'

"아가씨……. 조금 더 가면 만학서점이 나오는데 그리로 가보시겠어요?"

백리휴가 문득 점심 때가 되었다는 걸 생각했을 때 앞서 걸어가던 청화가 고개를 돌리며 물었다.

악소채는 고개를 저었다.

"아니다. 네게 얘기를 많이 들었더니 별로 그럴 생각이 없구나."

"에이, 거기 서기가 제법 괜찮게 생겼는데……."

"그러고 보니 만학서점에서 매일 책을 빌려서 내게 가져다준다고 했더니 서기 얼굴 보려고 간 거로구나."

"헤헤……. 겸사겸사인 거죠."

청화가 귀엽게 혀를 내밀며 웃을 때였다.

"자아, 날이면 날마다 오는 게 아닙니다!"

갑자기 앞쪽에서부터 요란한 외침이 들려왔다.

그들과 멀리 떨어지지 않은 곳.

웃통을 벗어제낀 건장한 체격의 장한 몇 명이 주위에 지나가는 사람들을 불러 모으고 있었다.

전형적적인 거리의 약장수들 모습.

"오늘 여러분들에게 의원계의 신의라고 불리우시는 허 의원님을 소개해 드리겠습니다."

약장수들 중에서 가장 나이가 많아 보이는 장한이 희끗한 머리의 한 노인을 소개하자, 노인은 몰려든 구경꾼들을 향해 고개를 숙여 보였다.

"여기에 계신 허의원님은 숭산에서 이십 년, 무당산에서 십 년, 아미산에서 십오 년……. 도합 사십오 년 동안 산에서 수도를 하다가 불현듯 신선의 음성을 듣고는 제세구민의 뜻을 펼치기 위해 신선단을 만들어 하산을 하시게 되었습니다."

"재미있겠다. 아가씨, 우리 저거 좀 구경하고 가요. 어서요."

청화가 악소채의 팔을 잡아끌자 그녀는 마지못해 약장수 쪽으로 다가갔다. 백리휴 역시 그녀들을 따라 약장수 앞으로 나갔다.

"허 의원님이 만드신 신선단은 어디가 좋으냐? 무릎이 쑤시고 허리가 결리며 배가 아픈데… 각종 타박상과 체했을 때와 몸에서 열이 날 때 등. 한마디로 만병통치약이나 다름없었습니다. 그럼 신선단의 약효가 어느 정도인지 궁금하시죠?"

침을 튀어가며 설명하던 장한의 말에 주위에 앉아서 구경하던 사람들은 일제히 '예' 라고 소리쳤다.

장한은 뒤에 서 있던 웃통을 벗은 장한들을 가리켰다.

"여기에 있는 자들은 사실 일 년 전만 해도 병에 걸려 언제 죽을지도 모르는 녀석들이었습니다."

"오오……."

"그런데 허 의원님이 만드신 신선단을 꾸준히 복용하고는 일 년 만에 이렇게 초식남에서 육식남이 되고 말았습니다."

그의 말에 웃통을 벗고 있던 장한들은 몸에 힘을 주어 근육을 꿈틀거려 보였다.

그런 장한들을 보며 악소채가 살짝 얼굴을 붉혔다.

건강한 사내의 잘 발달된 알몸을 본다는 것이 조금은 부끄러웠기 때문이었다.

"그냥 단순히 몸만 건강해진 게 아닙니다."

장한은 몽둥이 하나를 들더니 구경꾼들을 둘러보았다.

"여러분 중 한 분이 나서서 저들을 이걸로 한 번 때려보시지 않겠습니까?"

"내가 할게요."

뜻밖에도 앞에 앉아 있던 청화가 손을 번쩍 치켜들며 자리에서 일어섰다.

장한이 빙그레 웃었다.

“귀여운 꼬마 숙녀 분께서 나섰군요. 다른 분들은 없습니까?”

“그럼 우리도 하겠습니다.”

“나도…….”

그러자 구경꾼 중에서 몇 명이 손을 들고는 앞으로 나섰다.

장한들은 청화와 그들에게 몽둥이를 하나씩 주었다.

“제가 신호를 하면서 여러분들께선 차례로 이 청년들 몸을 후려치시기만 하면 됩니다.”

“알겠습니다.”

청화와 구경꾼들은 그가 내민 몽둥이 하나씩을 받아들었다.

“그럼 꼬마 숙녀님부터 때려 보세요.”

“예.”

장한의 말에 청화는 몽둥이를 들고 웃통을 벗고 있던 장한들 앞으로 걸어갔다.

“헤헤……. 전 세게 때릴 거예요.”

청화는 장한들을 보며 귀엽게 혀를 낼름거렸다.

그가 손에 꼬옥 임을 주고는 막 장한들을 향해 몽둥이로 후려칠 찰나였다.

청화 뒤에 앉아 지켜보고 있던 악소채와 백리휴를 향해 주위에 있던 구경꾼들이 일제히 공격을 퍼붓는 것이었다.

"죽어라!"

"가라!"

쐐애애액…….

내뻗는 그들의 손에 쥐어진 것은 새파란 광망이 번뜩이는 장검들. 전혀 예상하지 못한 느닷없는 암습이었다.

세상에 다시없는 고수가 있다고 한들 그대로 검에 맞고 죽을 수밖에 없는 상황이었다.

번쩍!

눈부신 섬광이 그들의 눈앞으로 피어오른 것은 바로 그 순간이었다.

눈부신 빛에 휩싸여 있는 백리휴의 양손이 옆에 있던 악소채의 몸을 감싸듯이 둥글게 원을 그리더니 날아오는 검들을 향해 홱 뿌리는 것이었다.

수호반탄광(守護反彈光).

당가의 무공 중 상대의 암습을 막아내기 위해 특별히 창안된 무공이었다. 이를 펼치게 되면 양손에 일종의 전류가 흐르게 되고 그것은 눈부신 빛과 함께 자력(磁力)을 띠게 되는데, 이로 인해 상대가 날린 암기나 병기들을 끌어당기는 것이었다.

천수암왕 당천효는 당가의 가주로 당연히 이를 극성까지 연성하고 있었고, 그의 기억을 가지고 있던 백리휴가 다급한 순간에 펼쳐낸 것이었다.

휘우우욱…….

날아들던 검들이 일제히 백리휴의 양손으로 빨려 들어가게 되었고, 눈부신 빛에 닿는 순간 꽝 하는 폭발음이 터져 나왔다.

"크억……."

"시… 실패… 큭……."

공격했던 십여 명은 그 자리에서 튕겨 나가며 입으로 피 화살을 내뿜었다.

바닥에 쓰러진 순간 그들의 몸은 축 늘어지고야 말았다.

백리휴가 펼친 수호반탄광에 의해 내부의 장기가 완전히 뭉개진 채 죽고 만 것이었다.

"아악! 사… 살인이다!"

"도… 도망쳐……."

멍하니 구경을 하던 사람들은 난데없는 살인에 화들짝 놀라며 사방으로 도망쳤다.

"이놈!"

청화에게 몽둥이를 건네주었던 장한이 버럭 소리치며 쥐고 있던 몽둥이를 번개같이 뻗어왔다.

쩌억 하는 소리와 함께 내뻗는 몽둥이가 갈라지며 안에서부터 날카로운 검이 솟구쳐 나왔다.

파츠충!

'무심절…….'

백리휴는 내심 중얼거리며 오른손으로 날아오는 검을 내리쳤다.

탕!

그의 손바닥에 찔러오던 검의 면을 비스듬히 후려치자, 장한은 '으악!' 하는 비명과 함께 튕겨지듯 뒤로 날아가고야 말았다.

손과 충돌한 순간 밀려든 암경에 내상을 입고만 것이었다.

불과 한 달 전만 해도 백리휴는 공력을 제대로 연성하지 못한 터라 순수한 내공을 필요로 하는 장으로 상대에게 타격을 줄 수 없었다.

그러나 지금은 자신도 모르는 사이에 잠경(潛勁)을 발휘할 수 있었다.

'수라마혼력 덕분이다. 당천효가 연성한 수라마혼력의 기운이 자연스럽게 내 것이 되고 있다.'

자신이 원한 것은 아니었지만 어쨌든 당천효가 연성했던 수라마혼력은 백리휴에게 적지 않은 힘을 주고 있었다.

그를 공격했던 장한 피를 토하며 나가떨어지자 다른 장한들은 일제히 허공으로 신형을 뽑아 올리더니 품속에서 뭔가를 꺼내 사방으로 내던졌다. 그것은 원형의 철구였다.

'화약……! 급하다!'

백리휴는 안색이 돌변한 채 악소채를 두 팔로 안고는 이내 번개같이 신형을 허공으로 날렸다.

그가 신형을 날림과 동시에 장한들이 던진 철구가 그 자리에 떨어진 것은 거의 동시의 일이었다.

펑!

폭발과 함께 자욱한 연기를 피워 올랐다.

화약이라고 생각했던 철구는 연막탄이었던 것이다.

"아악! 아가씨! 공자님!"

그때 뿌연 게 피어오른 연기 속에서 뾰쪽한 청화의 비명 소리가 터져 나왔다.

'청화…….'

백리휴의 안색이 돌처럼 굳어졌다.

동시에 그의 귀로 파고드는 전음 하나.

—이 어린 계집을 죽이고 싶지 않다면 우리를 따라오너라.

삽시간에 전음성은 삼십 장 밖으로 멀어져 갔다.

더 이상 생각할 여유가 없었다.

잠시라도 지체했다간 청화가 놈들의 손에 죽을지도 모르는 일.

"잠시 실례해야 할 것 같습니다."

허공에 떠있던 백리휴는 악소채를 안은 채 청화를 납치한 자가 사라진 쪽을 향해 번개같이 신형을 날렸다.

휘익…….

第三章

일휴 부인

면왕 백리휴

얼마쯤 날아갔을까.

슈욱!

악소채를 안은 채 날아가고 있는 백리휴의 눈앞으로 세 줄기 인영들이 모습을 드러냈다.

일신을 검은 복면으로 뒤집어쓰고 있는 세 명의 흑의복면인.

파츠츠츠층…….

그들은 곧장 백리휴를 향해 수중의 검을 휘둘러 왔다.

일렁이는 파도처럼 푸른빛을 뿜어내며 날아오는 검기들.

'다… 당했다…….'

백리휴에게 안겨 있던 악소채는 창백하게 질린 얼굴을 한 채 자신도 모르게 두 눈을 감고야 말았다.

느닷없이 나타나 검을 찔러 오는 흑의인들의 공격은 흡사 전력을 다해 달려가는 마차 앞으로 화살이 날아오는 것과 같은 상황. 누가 봐도 백리휴는 당할 수밖에 없었다.

그러나 다음 순간.

처억…….

쾌속하게 날아가던 백리휴의 신형이 갑자기 아래로 뚝 떨어져 내리는 것이었다. 그렇게 되자 세 자루의 검은 자연히 빈 공간을 찌르게 되었고, 의외의 움직임에 세 흑의복면인은 멈칫거렸다.

파악!

백리휴는 바닥에 납작 엎드린 채 번개같이 세 명의 흑의복면인들 앞으로 날아간 것은 그 다음에 벌어진 일이었다.

파층…….

그의 우수가 움직이자 허공으로 그어지는 한줄기 묵광.

그것은 백리휴의 허리에 꽂혀 있던 백문검이 어느 틈엔가 뽑혀지며 순식간에 흑의복면인들을 베어 버린 것이었다.

"큭!"

"컥!"

짧은 단말마.

후두둑…….

흑의복면인들의 신형이 조각난 채 바닥으로 떨어져 내렸을 때, 백리휴의 신형은 다시 십 장 밖으로 날아가고 있었다.

청화를 납치해 간 자를 추적해 가던 백리휴가 신형을 멈춘 곳은 마을 외곽이었다.

사방이 짙은 수목으로 둘러쳐진 숲 속, 실로 그림 같은 경치를 자랑하고 있는 곳인데, 바로 그곳엔 한 채의 집이 세워져 있었다.

나무로 만들어진 이층 구조의 집은 그리 크지 않아도 나름대로 정취를 풍겼다.

"일휴정이라……."

백리휴는 이층 목옥의 정문 위에 붙어 있는 편액에 씌워진 글을 읽으며 나직이 중얼거렸다.

그러고 보니 혼원루의 면수가 색다른 이부면을 먹기를 원한 자신에게 가보라고 한 곳이 바로 일휴정이었다.

"내… 내려주세요……."

이때 여전히 그의 양 팔에 안겨져 있던 악소채가 가는 음성으로 말했다.

그제서야 자신의 실수를 깨달은 백리휴는 얼른 그녀를 안고 있던 팔을 풀어주었다.

"죄송합니다."

"아니에요. 그런데 청화는 어떻게 된 걸까요?"

"이제부터 그걸 알아봐야 할 것 같습니다."

근심스런 그녀의 말에 백리휴는 눈앞의 일휴정을 바라보며 두 눈에 기광을 번득였다.

그는 이내 악소채의 한손을 잡은 채 천천히 일휴정 안으로 들어갔다.

일휴정은 밖에서 보기보다는 제법 넓었다. 몇 개의 탁자가 나름대로 운치를 살린 채 놓여져 있었는데, 전형적인 다루(茶樓)의 모습이었다.

다루란 차를 파는 곳이다. 이러한 다루는 사실 일반인들이 오기 힘들었는데 그것은 다루에서 파는 찻값이 매우 비싸기 때문이었다.

그렇기에 다루는 풍광이 좋은 명승지나 사람들이 많이 모이는 곳에 위치해 있게 마련인데 이처럼 외진 곳에 있다는 건 실로 의외라고 할 수 있었다.

"어떻게 오셨습니까?"

이때 위에서부터 맑은 목소리가 들려왔다.

이층에서 다소 풍성한 홍의를 걸친 중년미부가 천천히 내려오고 있었다.

붉은 옷도 그랬지만 봉황의 깃처럼 휘늘어진 눈매에 도톰하게 튀어나온 붉은 입술 등이 농염한 아름다움을 주는, 서른 살 후반쯤 되어 보이는 중년미부였다.

"저는 이 일휴정의 주인인 일휴 부인이라고 합니다."

"일휴 부인이라……."

백리휴는 나직이 중얼거리며 기이한 표정을 지었다.

일휴란 한 번 쉰다는 뜻이다. 그런데 일휴 부인이라고 한다면 한번 쉬어가는 부인이라는 말이 되니, 실로 야릇한 의미를 담고 있는 호칭이 아닐 수 없었다.

"차를 마시러 오신건가요?"

"그렇소. 하지만 그전에 먼저 찾을 게 있소."

"뭘 말인가요?"

"당신이 납치해 간 여자아이요."

백리휴의 말에 일휴 부인은 돌연 요사스러울 정도의 커다란 웃음을 터뜨렸다.

"오호호호호… 재미있는 손님이로군요."

백리휴는 담담히 고개를 저었다.

"내가 아무리 재미있어도 부인만 하겠소."

일휴 부인은 여전히 눈웃음치며 그를 바라보았다.

"도대체 알 수 없군요. 무슨 까닭으로 나를 납치범으로 생각하는지?"

"그 옷……."

백리휴는 그녀가 입고 있는 붉은 옷을 가리켰다.

옆에서 지켜보고 있는 악소채는 아미를 살짝 찌푸렸다.

'옷을……?'

본래 여인의 옷을 가리키는 것은 다소 경박한 짓이다. 더군다나 눈앞에 있는 일휴 부인이라는 여자가 매우 끈적한 분위기를 연출하고 있기에 다른 뜻으로 오해할 수도 있었다.

일휴 부인은 의아한 얼굴을 했다.

"내 옷이 어떻다는 거죠?"

"그 옷은 부인과 매우 잘어울리니 아무런 이상이 없소. 다만 그 옷 속에 숨겨져 있는 흑의가 눈에 익구료."

"흑의……."

자세히 보지 않으면 알 수 없었으나 옷소매 부분에 검은 부분이 살짝 드러나 있었는데, 그것은 그녀가 홍의 안에 흑의를 입고 있다는 증거이기도 했다.

일휴 부인은 멈칫거렸으나 절레절레 고개를 흔들었다.

"나는 여러 손님들을 상대해야 하니 옷을 바꿔입을 수밖에 없어요. 그러니 평소에도 이처럼 옷 위에 다시 옷을 입곤 한답니다."

"그럴 듯하군요. 하지만 당신은 큰 실수를 했소."

"……?"

뜻밖의 말에 그녀는 눈을 크게 떴다.

그게 무슨 말이냐는 뜻.

백리휴는 그녀를 보며 빙그레 웃었다.

"여기 일휴정은 다루요. 그러니 이곳에 손님이 들어온다면 응당 '어떤 차를 드릴까요?' 라고 물었어야만 했소. 한데 당신은 어떻게 왔냐고 물었소. 그것은 당신이 이 다루의 주인이 아니기에 익숙지 않아서 무의식 중에 한 말이겠지."

"재미있는 말이로군요……."

"더 재미있는 건 바로 이곳 일휴정이오."

"무슨……?"

"일휴정에선 당연히 차를 팔고 있는 다루요. 그러나 차 외에 국수를 팔고 있는데 혹시 그 국수가 무엇인지 알고 있소?"

"…이… 이부면……."

"하하… 맞소. 그런데 그 이부면이 매우 특별하다고 하는데 어디가 특별한지 말해줄 수 있겠소?"

"……?"

"여기에 처음 온 나는 알고 있는데 정작 주인이라는 당신은 모르고 있는 것 같군."

"……!"

일휴 부인은 잠시 동안 침묵을 지키며 그를 주시했다.

백리휴를 바라보는 그녀는 두 눈에 감탄의 빛이 떠올리며 나직이 중얼거렸다.

"대단한 판단력을 지녔군. 아무리 눈썰미가 좋다고 해도 제대로 된 판단을 할 수 없다면 좋은 결과를 얻기 어렵지. 그 점에서 그댄 매우 뛰어나다고 할 수 있겠군."

그랬다.

그녀의 말처럼 무엇을 보고 제대로 느끼는 자는 그리 흔하지 않으며, 또한 정확한 판단을 내릴 수는 있는 자는 극소수에 지나지 않았다.

그녀는 혀를 찼다.

"드물게 보는 뛰어난 머리를 가진 청년인데 더 이상 그 머리를 사용하지 못하게 되었으니 나 상관홍염은 애석하다는 생각이 드는군."

"상관홍염이라? 정말 잘 어울리는 이름이오. 그런데 날 죽일 생각인 모양인 것 같소."

"그렇다. 본래 목표는 네놈이 아닌 그 계집이었으나 여기에 온 이상 둘이 죽을 수밖에……."

"혹 여기에 숨어 있는 자들을 믿고서 하는 말이라면 지나친 과신일 것이오."

"내가 믿는 건 오직 나뿐이다."

스륵…….

갑자기 그녀의 몸에 걸쳐져 있던 홍의가 바닥으로 흘러내렸다. 그러자 안에 입고 있던 검은 흑의가 들어났는데, 조금 전 농염한 모습과는 달리 차가운 한기를 띠고 있었다.

"그러니 네놈들의 목숨을 빼앗아가는 것도 오로지 나뿐……."

파앗!

갑자기 그녀가 곧장 앞으로 달려들며 우수를 쭉 내뻗는 것이었다.

그녀의 옥수에서 희뿌연 우윳빛 광채가 일렁이며 뿜어져

나오며 백리휴의 가슴을 후려쳐 왔다.

백리휴 역시 자연스럽게 우수를 들어 마주쳐 갔다. 그의 손에서부터 세가의 붉은 그림자가 떠오르며 그대로 상대의 장력과 마주쳤다.

펑!

서로 다른 두 개의 장력이 충돌하면서 폭음을 일으켰다.

"삼양장? 넌 당가에서 나왔느냐?"

상관홍염은 흠칫 놀란 얼굴을 했다.

백리휴가 고개를 저었다.

"삼양장은 맞지만 난 당가의 인물이 아니오."

"당가라고 해도 네놈을 죽이면 그만이다!"

상관홍염은 번개같이 다가들며 양손을 어지럽게 흔들었다.

그녀의 손에서부터 반투명한 수영이 만들어지며 꽃잎처럼 떠오르더니 곧장 날아가는 것이었다.

백리휴 역시 연속적으로 삼양장을 펼쳤다.

펑! 퍼퍼펑!

장과 장이 연거푸 충돌했다.

상관홍염은 비틀거리며 뒤로 물러섰다. 순식간에 십여초를 공격한 그녀였으나 오히려 손해를 보고야 말았다.

그녀는 다소 핼쑥해진 얼굴을 한 채 냉소했다.

"제법이다만……. 진짜는 지금부터다."

그녀는 우수를 가볍게 흔들었다.

그러자 그녀의 팔목에서부터 뭔가 풀어지며 이내 그녀의 손에 잡히는 것이었다. 그것은 어른 손가락 두 개를 합친 것 같은 굵기의 채찍이었다.

손잡이 부분을 제외한다면 전체적으로 은빛을 띠고 있어 언뜻 본다면 눈에 들어오지도 않을 정도의 채찍이었는데, 채찍은 마치 살아 있는 생명체처럼 꿈틀대며 곧장 백리휴의 머리를 노리며 날아왔다.

번쩍…….

채찍 앞에서부터 한줄기 묵광이 일었다.

어느 틈엔가 백리휴는 허리에 꽂혀 있던 백문검을 뽑아 들고는 그녀가 날린 채찍을 쳐낸 것이었다.

"당신이 무엇을 원하는지는 모르겠지만 내가 원하는 것은 한 가지 뿐이오. 바로 청화를 데리고 가는 것……."

쉬익…….

그의 백문검이 부드럽게 호선을 그었다.

티티팅…….

채찍이 그의 검날에 부딪히며 요란한 쇳소리를 터뜨렸다.

상관홍염은 '흥!' 하는 코웃음과 함께 재빨리 채찍을 쥔 손을 열십자 형태로 휘저었다.

촤르르륵…….

채찍이 꼬리를 흔드는 방울뱀처럼 차갑고 이질적인 소리

를 터뜨리며 곧장 백리휴의 가슴 부근을 찔러갔다.

설명은 더뎠지만 실제로는 전광석화와 같은 정도로 빨랐고, 연속적인 움직임을 보였다.

그러나 백리휴는 서두르지 않고 수중의 백문검을 백문검법의 일초인 대검심문을 펼쳐냈다.

슈우욱…….

그의 외날검이 그리 빠르지 않은 변화를 보이며 비스듬히 쓸어냈다. 검은 휘웅거리는 울음을 토하면서 무수한 변화를 보이고 있는 편영들을 일일이 꿰뚫어 버렸다.

상관홍염은 흠칫 놀라며 은환사편법 중 은환혈채의 초식으로 채찍을 빠르게 변환시키며 백리휴의 다리를 후려쳐 갔다.

백리휴는 슬쩍 뒤로 물러서며 피함과 동시에 백문검을 부드럽게 휘둘렀다.

사실 현재 그는 심각한 부상에서 회복해 가는 중이라 그가 휘두르는 검은 예전과 비교한다면 칠, 팔 할의 위력밖에는 보이지 않았다.

다만 그의 검은 전과 조금은 달라져 있었는데, 과거에 그가 주로 사용했던 검법은 무심도법을 검으로 변화시킨 것이었고, 이후에 백문검법을 얻은 뒤로는 주로 그것을 펼쳐왔다.

그러나 태평장에 온 뒤로 혈선동에서 죽어갔던 현무자가 의기심형의 수법으로 전해주었던 매화심검론에 생각에 미치게 되었고, 그것에 영향을 받아서인지 백문검법은 다소 변화를 하게 되었다.

부드러움 속에 예기가 숨어 있다고 할까.

언듯 본다면 매우 평범한 검법에 지나지 않으나 직접 검을 마주한 상대에겐 결코 평범하지 않았고, 한 수 한 수에 목숨이 위태로울 정도의 날카로움이 뻗어 나오고 있었다.

지금 역시 마찬가지였다.

상관홍염은 자신이 휘두르는 은영편이 불과 십초도 되지 않아 상대가 휘두르는 검에 막혔을 뿐만 아니라 오히려 검에 의해 밀리는 형편이었다.

"더 이상 공격한다는 것은 무의미할 것 같습니다."

백리휴는 그녀를 보며 담담히 말했다.

상관홍염은 바득 이를 갈았다.

"네놈의 검이 생각보다는 대단하구나! 그렇다고는 해도 살아서는 이곳을 빠져나가지 못한다."

마지막 말이 끝나는 순간.

와르르르…….

갑자기 일휴정이 그대로 무너져 내리는 것이었다. 거짓말처럼 일휴정은 백리휴와 악소채를 중심에 두고는 썩은 짚단처럼 허물어져 버렸다.

허물어져 내린 일휴정 벽 뒤로 나타난 것은 여전히 검은 복면으로 얼굴을 가지고 있는 흑의인들이었다.

그들 중 한 명의 손엔 납치되었던 청화가 잡혀 있었는데, 천화는 두 사람들 보며 두 눈을 크게 뜬 채 움직이지 않고 있었다. 아마도 그들 중 누군가에 의해 혈도가 제압당한 듯했다.

"아… 아가씨……."

청화는 악소채를 보며 금방이라도 울 듯한 얼굴을 했다.

악소채는 고개를 끄덕였다.

"괜찮아. 이제 곧 돌아갈 수 있을 거다."

"천화야. 잠시 눈 감고 있어줄래? 다시 눈 떴을 땐 모든 게 예전처럼 되어 있을 테니까."

"예. 공자님……."

백리휴의 말에 청화는 두 눈을 꼬옥 감았다.

그런 그들을 보며 상관홍염은 어처구니없다는 얼굴을 했다.

"우리들을 꺾을 수 있다고 생각하는 건가? 십팔사영들의 위력은 실로 놀라울 정도다."

열여덟 개의 죽음의 그림자.

십팔사영이란 그래서 붙여진 이름들이었다.

그러나 백리휴는 갑자기 출현한 열여덟 명을 보고도 지극히 태연한 얼굴을 했다.

"아까부터 느낀 거지만 당신은 말하는 걸 좋아하는 것 같소."

"원한다면 죽여주지. 쳐라!"

상관홍염이 짧게 외쳤다.

순간 십팔사영들은 일제히 백리휴를 향해 달려들며 검을 펼치는 것이었다.

쐐애애애액…….

날카롭고도 빠른 검기들.

흡사 성난 파도들이 한꺼번에 덮쳐드는 듯한 위력을 담고 있었다.

"좋군."

백리휴는 나직이 중얼거리며 수중의 백문검을 내뻗은 채 반원을 그리며 휘둘렀다.

깡! 까깡!

그가 그려낸 검의 궤적이 열여덟 개의 검들이 꽂히며 요란한 검명을 터뜨렸다.

'기회……!'

그때를 놓치지 않고 상관홍염은 소리 없이 백리휴 옆에 있는 악소채를 향해 다가들며 채찍을 내뻗었다.

츠왔…….

채찍은 번개같이 날아들며 악소채의 희고 가느다란 목을 휘감으려고 했다.

그러나 그보다 먼저 백리휴의 검이 그 앞을 가로막으며 봄날 햇살 같은 검기를 토해냈다.

퉁…….

검기에 의해 날아들던 채찍은 묵직한 소리를 내며 밀려났다.

백리휴는 악소채 주위를 여전히 산보하듯 돌며 날아오는 검들을 향해 검을 내뻗었는데, 그것은 마치 깊은 가을밤에 켜 놓은 호롱불로 달려드는 날벌레들을 회초리로 쳐내는 듯한 한가한 모습이었다.

그러나 결과는 실로 놀라울 정도였다.

채채채챙…….

한치의 틈도 없이 날아들던 검들은 그가 휘두르는 검에 의해 모두 가로막혔고, 그 힘을 이기지 못한 십팔사영들은 무거운 신음을 터뜨렸다.

"크윽… 이 정도라니……."

"단 일초에 밀려난단 말인가……?"

"그러나 우리의 힘은 지금부터다!"

십팔사영들 중 한 명이 버럭 소리치며 그를 향해 번쩍 신형을 날렸다. 그가 신형을 움직이자 나머지 열일곱 명 역시 거의 동시에 몸을 날리며 검들을 휘둘러갔다.

파츠츠츠층…….

그들이 검들 중 일부는 사선으로 비스듬히 휘두르며 곧장 그의 머리를 노려갔다. 또한 나머지는 각기 백리휴의 복부를 비롯한 몸 전체를, 그리고 마지막 일부는 그의 두 다리를 노리며 검을 쓸어갔다.

실로 완벽하기 이를 데 없는 합공.

설혹 상대가 전지전능한 신이라고 할지라도 이 일초를 감

당해내지 못하고 그대로 피를 뿌리며 쓰러질 것만 같았다.
막 검들이 그의 몸을 난자한다고 생각된 순간.
스륵…….
갑자기 백리휴는 악소채와 함께 신형이 바람에 밀려나는 깃털처럼 가볍게 뒤로 움직이는 것이었다.
"쉽군."
백리휴는 담담한 어조로 중얼거렸다.
"……!"
"……!"
십팔사영들의 눈빛이 차갑게 식었다.
놀란 것도 잠시, 그들은 지체하지 않고 검들을 휘둘러 갔다.
"만파위적!"
츳파파파파파…….
그들의 검끝에서 눈부신 검기가 폭출되듯 뿜어져 나오며 백리휴와 악소채의 전신을 뒤덮었다.
폭풍우 같은 검기였다.
그저 스치기만 해도 온몸이 갈기갈기 찢겨질 듯한 기세였는데, 백리휴는 여전히 우수로 악소채의 팔목을 잡은 채 몸을 한 번 움직이는 것으로 그들이 펼쳐낸 검들을 피해 내는 것이었다.
"이제 그대들이 전력을 다한 것이라면 조금은 실망이로군."

"빌어먹을 놈! 뒈져라!"

십팔사영들은 버럭 노성을 질렀다.

그들은 혼신의 공력을 끌어 올린 채 그들이 알고 있는 초식 중 가장 강한 등룡파천검(騰龍破天劍)을 펼쳤다.

등룡파천검은 그들이 연마한 검초 중 가장 위력이 강한 것으로 이제껏 다섯 번을 사용했었고, 단 한 번의 실패도 없었다. 그리고 지금도 마찬가지라고 생각했다.

쿠콰콰콰콰…….

그들의 검끝에서 새파란 검기가 일제히 뿜어져 올랐다. 흡사 폭풍과 함께 하늘로 치솟아 오르는 바닷물, 용오름과 같은 기운을 보인 검기는 삽시간에 검광은 주위 삼 장을 가득 메우더니 이내 유성처럼 백리휴와 악소채의 전신을 향해 떨어져 내렸다.

피하고 말고 할 틈도 없었다.

그저 죽는 것이 당연하다고 생각된 순간.

스윽…….

악소채의 팔을 쥔 백리휴의 신형이 휘몰아치듯 날아든 검기 속을 헤집으며 비스듬히 허공으로 날아올랐다.

불가사의하다고 해야 할까.

물샐틈없는 검기 속을 거짓말처럼 피한 채 날아오른 백리휴.

"대검심문……."

그는 천천히 아래를 향해 백문검을 쥔 손을 가볍게 내뻗었다.

반원을 그리며 날아가는 검.

쉬우우웅…….

잔잔한 연못의 수면 위로 떨어진 작은 돌멩이에 의해 파문이 퍼져 나간다고 해야 할까.

그의 검끝에서는 끊임없이 검기가 흘러나오며 잔잔한 물결처럼 퍼져 나가는 것이었다.

대검심문의 요체는 '대체 검의 본질이 무엇인가?' 인데, 백리휴가 내린 검의 본질이란 결국엔 살인병기라는 것이었다.

살인병기란 살인을 하기 위한 최적의 도구라는 의미였고, 여기서 최적의 도구란 단지 검 자체만을 말하는 것이 아니었다.

'검을 최적의 살인병기로 만들기 위해선 힘 또한 그에 상응해야 한다. 지금의 내가 깨달은 건 바로 면면부절이다.'

면면부절은 끊어지지 않고 이어진다는 말.

그의 말처럼 그의 백문검에서 날카로운 검기들이 쉴 사이 없이 흘러나오고 있었다.

사실 검기가 끊임없이 흘러나온다는 건 말처럼 쉬운 일이 아니었다.

본래 검에서 흘러나온 검기는 짧은 순간이라고 해도 상대에게 다다를 때쯤이면 그 위력이 반감되기 마련인데, 그것은 검에서 처음 흘러나왔을 때의 힘이 나중엔 그만큼 줄어들기 때문이었다.

그러나 검기가 면면부절하게 된다면 그러한 문제점들이 어느 정도 해결된다.

그랬기에 검을 수련하는 자들에게 있어선 면면부절이란 반드시 거쳐야 하는 과정인 동시에 관문이었다.

설명은 길었으나 십팔사영들이 일제히 합공을 펼치고 악소채와 함께 허공으로 몸을 띄운 백리휴가 백문검을 휘두르기까지 걸린 시간은 낙뢰가 대지로 떨어지는 순간을 백만분의 일로 나눈 찰나에 지나지 않았다.

가가가각!

바닥을 긁어내는 듯한 소리가 터져 나왔다.

그리고 정적이 찾아들었다.

십팔사영.

그들은 조금 전까지 놀라울 정도의 움직임을 보였던 자들이란 사실이 믿겨지지 않을 정도로 그 자리에 우뚝 서 있었다.

검을 내뻗은 상태로 두 발이 바닥에 뿌리라도 내린듯 망부석처럼 서 있는 십팔사영.

텅! 터터텅!

그들이 내뻗은 검들의 끝이 잘려지면 바닥으로 떨어져 내린 것은 그 다음의 일이었다.

이어 십팔사영들이 고통스런 신음을 흘리며 풀썩 그 자리에서 주저앉은 것은 얼마 지나지 않아서였다.

"크으윽……."

"으윽……."

옆에서 지켜보고 있던 상관홍염이 핼쑥하게 질린 얼굴을 했다.

"단 일초에 패하다니……."

신음 같은 중얼거림이었다.

십팔사영, 그들이 누군가?

그녀가 알기로는 자신이 속한 세력 내에서도 가장 강한 무인들은 아니나 그들의 합격만큼은 실로 공포스러울 정도로 가공할 위력을 보였다.

그녀라고 해도 그들이 펼치는 합검술에 걸리게 되면 결코 십초 이상을 버틸 수 없었다.

그런 그들이 상대가 펼친 일검에 검들이 모두 잘리고 만 것이었다.

실로 눈으로 보고도 믿기지 않을 일이었다.

어느 틈엔가 백리휴는 악소채와 함께 청화 앞에 내려서 있었다.

"청화야. 이제는 괜찮다."

백리휴가 부드럽게 웃으며 청화의 혈도를 풀어주었다.

"공자님… 아가씨……."

청화는 그제서야 얼른 감았던 두 눈을 뜨고는 악소채에게 달려들어 안겼다.

악소채는 그녀를 부드럽게 안아주었다.

"고생했다."

백리휴는 바닥에 쓰러진 십팔사영들과 상관홍염을 바라보며 조용한 어조로 입을 열었다.

"이제라도 물러선다면 목숨만은 지킬 수 있소."

상관홍염이 붉어진 얼굴을 한 채 소리쳤다.

"닥쳐라! 나 상관홍염은 목숨 따위에 연연하지 않는다."

"그만……."

갑자기 뒤에서부터 나직한 말소리가 들려왔다.

한 사람.

일신에 검은 흑의를 걸친 한 노인이 주위에 병풍처럼 둘러싸인 나무 뒤에서 모습을 드러내며 그들이 있는 곳으로 천천히 걸어오는 것이었다.

언듯 본다면 선비풍의 청수한 인상이었으나 날카로운 눈매에선 비정함마저 보이는 노인이었다. 게다가 허리에 한 자루의 검을 매달고 있어 더욱 차갑게 보이게 만들었다.

"오장노님……."

흑의노인을 발견한 상관홍염은 부르르 몸을 떨더니 고개를 떨구었다.

흑의노인은 혀를 끌끌 찼다.

"네가 스스로 일을 맡겠다고 했을 때 나는 잘 처리하리라고 믿었다. 고작 계집아이 목숨을 빼앗는 일이었으니까."

"죄… 죄송합니다……."

"하기사 그것이 꼭 너의 잘못이라고 하기만은 어렵지. 솔직히 말하자면 자네 같은 젊은이가 등장할 줄은 몰랐네."

마지막 말은 백리휴에게 한 것이었다.

백리휴는 흑의노인을 보며 담담한 눈빛을 했다.

"도무지 알 수 없는 일이오. 당신이 청화를 납치한 배후자라는 것은 알겠는데 무엇 때문에 이러한 일을 벌였는지 말이오."

"바로 그녀 때문이다."

"악 소저가 목표였단 말씀이시오?"

"사실 어린 계집아이를 납치한 것은 그녀를 이곳까지 끌어들이려는 유인책이었던 셈이지. 물론 그대와 같은 인물이 동행하고 있으리라고는 생각 못했지만……."

"납치범의 괴수치고는 무척이나 태연하시구료."

"한 번 욕을 먹어서 이 지역을 차지할 수만 있다면 그것도 그리 나쁜 일만도 아니지."

"소생은 백리휴라고 합니다만 그쪽은 어떻게 불러야 할지 모르겠소."

"조만(趙滿)……. 남들은 날 가리켜 조만이라는 이름 대신 생사검(生死劍)이라고 한다네."

만약 이 자리에 다른 이들이 있었다면 아연실색하고 말았을 것이다.

第四章

이적산의 무공

면왕 백리휴

생사검 조만.

그는 본래 낭인이었다.

사문이 불분명한 그가 주로 활동한 지역은 귀주와 호남, 호북이었는데, 그는 이제껏 수백 명에 이르는 고수들과 싸워 단 한 번의 패배도 없었다.

그가 승부의 조건으로 내세운 건 승자는 살고 패자는 죽는다는 것! 그랬기에 생사검이라고 불리웠던 것이다.

그런 그가 활동지역이 아닌 이곳 광동에서 모습을 드러내다니 놀라운 일이 아닐 수 없었다.

그러나 백리휴는 강호의 일에 관해서라면 거의 문외한에

가까웠기에 눈앞에 있는 흑의노인 생사검 조만이 얼마나 무서운 존재인지 알 수 없었다.

"좋은 이름이구료. 그런데 어찌해서 이와 같은 일을 꾸몄는지 그것에 대한 말도 해줄 수 있다면 감사하겠소이다."

조만은 담담히 말했다.

"해주지. 물론 그전에 내 검을 받고도 살아날 수만 있다면……."

그는 허리춤에 매달린 검을 툭 쳤다.

즉 자신을 검으로 눌러 자백을 받아내라는 말.

백리휴는 절레절레 고개를 흔들었다.

"말로 해도 되지 않겠소?"

"그럼 그 계집을 여기에 두고 썩 꺼지거라."

"결국 싸울 수밖에 없겠군."

"껄껄……. 그걸 이제야 알았다니 다행이로구나. 그럼 시작해 볼까."

조만은 느긋한 어조로 웃음을 흘렸다.

그러나 그의 행동은 웃음만큼이나 여유롭지 않았다.

챙.

검집에서 빠져나온 검이 그의 앙상한 손아귀에 잡히는 순간, 그의 신형은 쏘아진 화살처럼 곧장 백리휴를 향해 쇄도하고 있었다.

파쇄애애앵!

그의 손에 쥐어진 검이 곧장 바람을 갈랐다.

백리휴는 감히 지체하지 못하고 수중의 검을 들어 상대의 검과 마주쳐 갔다.

깡!

감과 검이 충돌했다.

검을 잡은 손이 찌르르 울릴 정도의 충격을 받았으나 백리휴는 번개같이 검을 패액 휘둘러 갔다. 무심도법 중 베기인 무심절이었다.

조만은 눈앞으로 날아오는 새파란 검기를 보며 냉소했다.

"고작 횡소천군인가?"

쉬잉…….

그는 재빨리 자신이 자랑하는 섬풍검법(閃風劍法)을 연속적으로 펼쳐 상대를 순식간에 압박하려고 했다.

그런데 뜻밖에도 검이 충돌하는 순간 백리휴의 검은 마치 나무를 타고 오르는 뱀처럼 주륵 검날을 타고 흐르며 곧장 그의 손목을 베어오는 게 아닌가.

"허엇!"

조만은 자신도 모르게 다급한 외침을 터뜨리며 황급히 뒤로 신형을 날렸다.

재빨리 일장 밖으로 물러선 그의 등 뒤로 식은땀이 주륵 흘러내렸다. 아차 했으면 그대로 상대에 의해 자신의 손목이 날아갔을 뻔한 일이었다.

"내가 실수할 뻔했군. 사자도 토끼 한 마리를 잡더라도 혼신의 힘을 기울이는 법이거늘……."

"지금의 일초는 대충했다고 하는 말씀이로군요."

"그러니 각오해야 할 것일세."

패액!

갑자기 조만의 손에 쥐어진 검이 귀청을 찢을 듯한 날카로운 파공음을 토해냈다.

동시에 새파랗게 뿜어져 나오는 검광.

본래 그가 필생의 절학으로 여기는 섬풍검법은 극한대에 이른 쾌검법. 그런 그가 작심하고 검을 펼치자 거의 눈에도 보이지 않을 정도였고, 오직 날카로운 소음만이 들려올 뿐이었다.

'조심해야겠군.'

백리휴 역시 긴장을 늦추지 않은 채 검을 휘둘렀다.

스읏…….

검이 물속을 유영하는 물고기처럼 유연하게 움직였다.

어찌 보면 그의 검은 더디게 보였으나 기이하게도 눈에 보이지도 않을 정도로 빠르게 날아드는 조만의 쾌검을 정확하게 막아내는 것이었다.

땅! 따당!

조만의 손에 의해 펼쳐지는 쾌검이 먹이를 향해 전광석화처럼 달려드는 들개와 같다면 백리휴의 검은 상대적으로 느리긴 했으나 길목을 지키고 서 있는 호랑이라고 할 수 있었다.

대체적으로 수비에 치중하는 백리휴였으나 드문드문 공세를 펼쳐 반격을 가할 땐 불가사의할 정도의 빠른 쾌검을 보여주었다.

사실 조만이 보기에 백리휴의 검법은 지극히 단조로웠다.

'이놈은 고작 삼재검법만을 펼치고 있다. 그런데도 놈을 처치하지 못하다니…….'

조만은 다소 초조한 얼굴을 했다.

삼재검법은 강호의 어중이떠중이들도 다 아는 삼류검법이었다.

그런 검법을 가지고서 자신이 전력을 다해 펼쳐내는 섬풍검법을 막아내고 있었고, 시간이 흐를수록 오히려 공격을 당하기 시작했다.

"저 둘을 제압해!"

이때 그들의 싸움을 지켜보고 있던 상관홍염은 십팔사영들에게 외치며 번개같이 악소채와 청화에게 몸을 날려갔다.

십팔사영들 역시 그녀의 외침과 함께 신형을 움직였는데, 백리휴와 조만이 싸우고 있는 틈을 타서 일시에 그녀들을 제압하려고 했던 것이었다.

그러나 백리휴는 그것을 눈치채고는 재빨리 우측 발을 차올려 바닥에 떨어져 있던 돌멩이들을 왼손에 거머쥐고는 즉시 그들을 향해 날렸다.

츳팟팟팟…….

돌멩이들은 탄환처럼 그들을 향해 쏘아져 갔다.

"피… 피해……."

상관홍염은 설마 조만과 싸우고 있던 백리휴가 그들에게 암기를 발사하리라고는 생각하지 못했기에 아연히 놀란 외침을 터뜨리며 수중의 채찍을 전력을 다해 휘둘렀다.

십팔사영들도 난데없이 돌멩이들이 눈앞으로 날아오자 황급히 검을 휘둘러 막아갔다.

파츠츠츳…….

그러나 지금 백리휴가 던진 돌멩이들은 그리 단순한 게 아니었다.

돌멩이들을 던진 수법은 당천효의 사대암기 수법 중 하나인 비선광을 이용한 것이었고, 그것이 비록 작은 돌멩이들에 지나지 않으나 그것을 막아낼 수 있다면 생전 당천효가 절대팔왕 중 천수암왕이라고 불리지 않았을 것이었다.

퍽! 퍼퍼퍼퍽!

"크아아악!"

"으아악!"

"커억!"

십팔사영들의 입에서 처절한 비명성이 터져 나왔다. 어느 틈엔가 그들의 가슴엔 주먹만 한 구멍이 뚫려져 있었는데, 바로 백리휴가 날린 돌멩이에 격중된 것이었다.

"우… 우리가 고작 돌멩이에……."

"비… 빌어먹을……."

그들은 이내 썩은 고목이 허물어지듯 풀썩풀썩 그대로 그 자리에서 쓰러져 죽고야 말았다.

사실 그들의 실력을 보았을 때 이렇게 허무한 죽음을 맞이할 정도는 아니었다. 다만 앞서 백리휴와 일검을 주고받았을 때 이미 극심한 내상을 입은 상태에서 돌멩이에 격중되어 죽고 만 것이었다.

"모… 모두가 당하다니……."

상관홍염은 넋이 나간 듯한 얼굴을 하고 있었다.

그런 그녀 역시도 창백한 안색을 한 채 우수를 축 늘어뜨리고 있었는데, 바닥에는 그녀가 사용하던 채찍이 떨어져 나뒹굴고 있었다.

조만의 두 눈에서 불꽃이 튕겼다.

"감히 내 수하들을 죽이다니 네놈 역시 목숨을 부지할 수 없을 것이다! 섬풍만영!"

갑자기 그의 손에 쥐어져 있던 장검이 기묘한 움직임을 보이며 쏘아져 날아갔다.

파츠츠층…….

허공을 쪼개고 가르며 연달아 뿜어져 나오는 검광들.

그것은 그가 극한대로 이른 쾌검을 펼쳤기 때문인데, 단 일검에 지나지 않았으나 그저 숨 한 번 들이킬 짧은 순간에 무수한 그림자를 만들어내며 벼락치듯 백리휴의 전신을 쓸어가는 것이었다.

섬풍만영.

그가 자랑하는 검법 섬풍검법의 최후초식으로 일단 펼치게 되면 일초의 쾌검 속에 백팔번의 변식이 담겨져 있어 상대하는 적 입장에선 그야말로 눈뜨고도 당할 수밖에 없는 초식이었다.

"무심찰……."

백리휴는 즉시 베기에서 찌르기로 검을 바꾸었다.

파앗!

살점이 발리는 듯한 느낌이랄까.

백리휴가 늦게 찌르기를 펼쳤음에도 오히려 조만의 검보다 몇 배는 빠르게 허공을 가르며 날아갔고, 조만이 날린 무수한 검기들은 백리휴가 쏘아낸 검에 의해 좌우로 갈라지는 것이었다.

더 이상 생각할 틈도 없었다.

'당하고 만다!'

내심 비명처럼 외치는 조만은 다급히 신형을 허공으로 뽑아 올렸다. 아니 그러려고 했다.

츳팟…….

백리휴의 검이 그의 가슴을 스치고 간 것은 바로 그 순간이었다.

불로 잘 달군 인두로 가슴을 지지는 듯한 화끈한 통증.

갈라진 가슴 살갗 위로 검붉은 선혈이 뿜어져 나왔다.

아차 했으면 피부가 아닌 가슴이 그대로 갈라졌을 일이었다.

"크으으윽……."

조만은 고통스런 신음과 함께 상체를 크게 휘청거렸다.

지난 수십 년 동안 무수한 상대들과 싸워왔으나 단 한 번도 그들의 검이 자신의 몸은 고사하고 옷자락조차도 스친 적이 없던 그였다.

그런데 지금 자신이 전력을 다해 섬풍만영을 펼쳤음에도 불구하고 상대의 검에 가슴이 갈라질 뻔하지 않았는가.

백리휴는 그를 마주보며 우뚝 서 있었다.

"이쯤이면 승부가 갈린 것 같습니다. 더 이상 싸워야 할 이유도 없을 것 같소만……."

조만은 전신을 부르르 떨었다.

가슴의 상처보다도 패배의 아픔이 통한으로 다가왔던 것이다.

그는 백리휴를 노려보면서 이를 악물었다.

"어린 녀석이 대단하구나. 좋아. 이 늙은이가 네놈과의 싸움에서는 패배했다는 걸 시인하겠다. 그러나……."

"순순히 승복하지 않을 생각인 것 같습니다."

"싸움에서 졌다고 하지만 결국 주인의 명령에 따르지 않을 수는 없는 일이지. 모두 모습을 드러내라."

조만은 주위를 둘러보며 큰소리로 외쳤다.

사실 그는 상관홍염과 십팔사영을 제외하고도 제법 많은 수의 수하들을 숲 속에 숨겨놓고 있는 상태였다.

그런데 숲에선 아무런 반응도 없었다.

"……?"

조만은 멈칫거렸다.

그는 다급히 소리쳤다.

"뭣들 하느냐? 어서 모습을 드러내 이들을 처치하거라!"

그러나 여전히 숲은 조용했다.

"그들은 결코 그럴 수 없다."

갑자기 차가운 음성이 들려온 것은 그 다음의 일이었다.

동시에 숲에서부터 서른 여구의 인영들이 튀어나오며 그대로 털썩털썩 바닥에 널브러지는 것이었다.

이미 혈도가 제압당했는지 고통에 일그러진 눈빛을 던지고 있는 삼십여 명의 무사들. 그들은 바로 조만이 만약의 사태를 대비해 숲 속에 숨겨두었던 무사들이었다.

이어 일단의 무리들이 천천히 숲에서부터 걸어 나왔다.

검은 무복을 걸친 무사들 십여 명. 그들은 빈 가마를 들고 있었는데, 그런 그들 앞에는 흑의차림의 노인이 서 있었다. 바로 태평장 장주인 이적산이었다.

"이적산……."

그가 나타나자 조만은 신음처럼 중얼거렸다.

이적산은 그의 앞에서 걸음을 우뚝 멈추었다.

"조만… 보다시피 숲에 있던 그대의 수하들은 이미 나에 의해 모두 제압당했네."

"그렇군. 우리도 오히려 당한 것이었구료."

"……."

조만은 이적산이 나타난 순간 모든 것을 알 수 있었다.

이적산은 상행을 다닐 때를 제외한다면 결코 장 밖으로 나오는 일이 없었다.

그랬기에 악소채 역시 이제껏 태평장 밖으로 외출하는 일이 없었다. 그런 그녀가 오늘 외출했다는 것은 실로 뜻밖의 일이긴 했으나 그것을 노리고 있던 조만에게는 절호의 기회로 여겨졌다.

그랬기에 동행이 있기는 했으나 다소 무리를 해서라도 그녀를 이곳까지 유인했던 것인데, 지금 이적산이 등장하고 보자 자신들이 대의 역공작에 당한 것이었다.

'그렇지 않다면 이적산은 이 자리에 없어야 한다. 그가 여기에 나타났다는 것은 우리가 오히려 당했다는 것을 의미하는 터…….'

조만은 길게 한숨을 내쉬었다.

"하늘을 나는 재주가 있다고 해도 결코 우리는 이 자리를 빠져나갈 수 없겠구료."

이적산은 고개를 저었다.

"본 장주는 함부로 인명을 해치는 자가 아닐세. 다만 당분간 태평장 안에서 지내야 할 것이네."

"인질을 잡으려던 내가 오히려 인질이 된 셈이로군."

"그저 식객이라고 생각하게나."

"껄껄……. 바다의 자식은 함부로 타인이 주는 밥을 먹지 않소."

파앗!

갑자기 그의 신형이 앞으로 쏘아져 날아가며 곧장 이적산을 향해 검을 내뻗어갔다.

쓰와앙…….

그의 검끝에서 탄환처럼 뿜어져 나오는 검기.

이적산은 가볍게 우수를 들어 휘둘렀다. 그것은 마치 날아오는 검기를 한 손으로 부드럽게 감싸는 듯한 모습이었는데, 꽝! 하는 폭음이 터진 것은 그 다음의 일이었다.

"커억……."

조만은 입으로 피화살을 내뿜으며 바닥으로 꼬꾸라졌다.

"장노님……."

상관홍염은 황급히 달려와 그를 부둥켜안았다.

"오……. 오늘의 실패는……. 모두 나로 인한 것……. 결코 두 번 다시 반복해서는 안 될 것이다……. 정확히 전하거라……. 크윽……."

목에서 가래 끓는 소리를 내더니 이내 그의 목이 옆으로 힘없이 꺾이고야 말았다.

생사검 조만.

위명과는 어울리지 않을 정도의 허망한 죽음이었다.

이적산은 그의 죽음을 바라보다가 답답한 한숨을 내쉬었다.

"쯧쯧……. 결국 이렇게 되는군. 한낱 욕망 때문에 귀한 목숨을 희생해야 하다니… 그대들로 인해 우리가 제법 피곤하긴 했으나 이대로 돌아가겠다. 앞으로는 괜한 희생은 없었으면 좋겠군. 그대의 주인에게 그 점을 알려주었으면 하네. 자, 우리는 이만 돌아간다. 아가씨를 모시도록……."

"존명……."

그의 말에 수하들은 일제히 대답했다.

이어 그들은 이내 악소채와 청화에게로 다가가 가마의 문을 열었고, 악소채와 청화가 가마에 오르자 이내 가마 문을 닫았다.

이적산은 백리휴에게로 고개를 돌렸다.

"이제 우리도 그만 돌아가도록 하세."

"예."

백리휴는 뭔가 납득이 가지 않은 얼굴을 했으나 이내 고개를 끄덕였다.

이어 그들은 이내 그 자리를 떠나갔다.

상관홍염만이 죽어 있는 조만의 시체를 부둥켜안은 채 눈물을 흘리고 있을 뿐이었다.

* * *

종자기.

그는 이곳 계양뿐만 아니라 광동 일대에선 거의 적수가 없을 정도의 고수였다.

나이가 얼마 전에 환갑을 지나긴 했어도 체력적으론 삼십대 청년에 못지않은 그는 눈앞에 있는 흑의여인 상관홍염의 보고를 받으며 잔뜩 얼굴을 찌푸렸다.

"그래서 다섯째가 당했단 말이지. 그 대가가 죽음이고……."

"그렇습니다."

"어리석은……."

그는 버럭 소리치며 냅다 손으로 그녀의 뺨을 후려쳤다.

짜악!

"악!"

비명과 함께 상관홍염은 그대로 바닥에 쓰러지고야 말았다.

입 안이 터져 실날 같은 핏줄기가 흘러나왔지만 그녀는 감히 비명조차 지를 생각도 하지 못한 채 얼른 부복을 했다.

"주… 죽여 주십시오……."

"한심한 년……."

종자기는 냉랭히 코웃음을 날렸다.

"다섯째는 평소에 매우 성질이 급했지. 그런 녀석이 뭔가 일을 꾸몄으면 막지는 못할망정 오히려 부추겨? 네년을 당장 죽이지 않은 것은 그나마 네가 그간 공적이 있기 때문이다."

"죄… 죄송합니다."

상관홍염은 고개를 떨구었다.

얼마 전 조만의 시신을 가지고 이곳으로 온 그녀였다. 그녀는 곧장 종자기에게 자신들이 청화를 납치하여 악소채를 유인했고, 그러는 과정에서 결국 조만이 죽은 사실을 모두 얘기한 것이었다.

"그런데 다섯째가 그 늙은이의 일수에 당했단 말이지."

여전히 종자기는 얼굴을 찌푸린 채 중얼거렸다.

상관홍염은 즉시 대답했다.

"그렇습니다."

"그 늙은이의 공력이 예전과 비교할 수도 없을 정도로 올랐다는 말이겠군. 염홍, 몇 초나 걸릴까?"

"무슨……?"

"만약 내가 다섯째와 비무를 하게 된다면 몇 초만에 쓰러뜨릴 수 있겠느냐?"

"그건……."

그녀는 제대로 말하지 못했다.

눈앞에 있는 종자기의 무공은 실로 놀라워 비록 죽은 조만이 생사검이라고 불리웠다지만 그와는 비교조차 할 수는 없는 일이었다.

"오장노님께서 강하기는 하셨지만 어찌 삼장노님과 비교할 수 있겠습니까? 결코 십 초를 버티시지는 못할 것입니다."

그녀는 말해놓고 아차 하는 얼굴이 되었다.

십초도 못 버틴다고는 했지만 거꾸로 말하자면 종자기가 조만을 꺾는데 십 초나 걸린다는 의미였다.

이적산이 단 일수에 조만을 죽음으로 몰아넣은 것에 비교하자면 상당히 차이가 난다고 할 수 있었다.

"하긴 그 늙은이의 장법은 나로서도 감히 당해낼 수는 없지."

종자기는 순순히 고개를 끄덕여 인정했다.

'물론 검이라면 또 얘기가 다르겠지만…….'

그의 사문은 검으로 천하에 이름을 떨치고 있는 문파였다.

그러니 그 역시 검에 관한 초절정의 고수라고 할 수 있었다.

비록 지난 십 년 동안 단 한 번도 검을 잡은 적이 없었으나 그의 검은 예전과 비교해 추측할 수 없을 만큼 강해져 있었다.

"그만 나가보아라."

"예."

종자기의 명령에 상관홍염은 고개를 숙여 보이더니 다시 밖으로 나갔다.

'이렇게 되면 결국 그자의 조건을 받아들일 수 없다는 것인가…….'

그는 생각이 여기까지 미치지 마음에 안 든다는 듯 미간을 찡그렸다.

"이건 정말 뜻하지 않은 변고로군. 이렇게 갑작스럽게 다섯째가 죽다니……."

그에겐 자신을 포함하여 다섯 명의 사형제가 있었다.

사형제지간이기는 하나 달리 정이 있는 것은 아니었다. 그들은 경쟁자였고 반드시 꺾어야 할 존재에 지나지 않았다.

죽은 조만은 그 사형제 중에서 가장 어렸으며 무공 또한 제일 약한 존재였다.

"한심한 놈……. 예전에도 알았지만 도무지 머리가 없는 놈이었다. 단순히 그 계집을 납치하거나 죽이면 해결된다고 생각했단 말인가? 죽어도 싼 놈이지."

"그 말은 죽은 조만이 들었다면 무척이나 서운해 했겠군."

갑자기 그가 앉아 있던 등 뒤에서 나직한 말소리가 들려왔다.

그럼에도 불구하고 종자기는 놀라지 않았다.

그는 마치 그 목소리의 주인이 누군지 알기라도 하는 듯 지극히 태연한 눈빛을 한 채 몸을 돌렸다.

그가 앉아 있는 곳과 조금 떨어진 창문 앞에는 한 명의 묵의인이 그림자처럼 조용히 서 있었다.

무표정한 눈빛에 거암과 같은 형태로 서 있는 묵의사내.

그를 바라보며 종자기는 못마땅하다는 눈빛을 했다.

"본래 난 이적산을 조만간 칠 생각이었네. 그가 얻은 정보에 의하면 그는 얼마 뒤에 태평장을 떠나 십만대산 쪽으로 갈 것이라고 했으니까."

"십만대산……."

"그렇지. 그곳에 새로운 차밭들이 있는데 그는 차밭의 주인들을 만나 계약을 한다고 하더군. 그러다 보니 별다른 호위 병력도 없이 갈 예정이었지."

"그런데 조만으로 인해 계획이 망가졌다는 것이오?"

"놀란 뱀이 어찌 주위를 돌보지 않을까? 더군다나 이적산은 매우 신중한 성격의 소유자……. 결코 예전과 같지는 않을 터이니 그게 조만이 죽어도 싼 이유라고 할 수 있네."

"이적산을 죽일 계획이 틀어졌다는 말이로군."

"정확히는 조금 어려워졌다는 게 맞는 표현이겠지."

"그렇다면 달리 그를 제거할 방법이 있다는 거로군."

묵의사내 묵혼의 물음에 종자기가 입가에 의미심장한 웃음을 떠올렸다.

"후후……. 이적산은 웬만해선 한번 계획한 일은 미루지 않는다고 들었네. 게다가 차는 그에게 있어선 가장 중요한 일이라고 할 수 있고……. 결국 그는 본래 계획한 대로 십만대산으로 가겠지."

묵혼이 고개를 끄덕였다.

"하면 매복했다가 그를 치겠다는 것이오? 쉽지 않을 텐데……."

"처음부터 쉬운 일이란 아무것도 없을 걸세. 어렵다고 포기할 것 같으면 이적산을 죽일 아무런 이유도 없을 터……. 이번 일은 내가 직접 나설 작정이네. 성공한다면 난 해남으로 돌아가 다른 장노들의 지원을 얻어낼 생각이네. 그렇게 된다면 나 종자기가 다음 대 해남검파(海南劍派)의 장문인이 된다는 것은 꿈만이 아닌 일이겠지. 그러니 결코 실패는 있을 수 없네."

"당신이 해남검파를 장악하게 된다면 그것은 우리에게도 득이 되는 일……. 이제까지도 그래왔지만 종자기 당신이 해남검파를 장악할 수만 있다면 우리는 최선을 다해 지원할 것이오."

"이번 일에 당신이 한 칼을 빌려준다면 좋겠군."

"도움이 된다면 당연히 그러도록 하겠소."

"역시 그대는 내겐 좋은 후원자일세."

묵혼을 바라보는 종자기의 입가엔 한줄기 웃음이 번져갔다.

그 웃음이 의미는 정확히 알 수 없었으나 한 가지 분명한 것은 그것은 지독한 피비린내를 풍기고 있다는 것이었다.

창문을 타고 들어온 한낮의 햇살이 두 사람의 얼굴을 번갈아 비추고 있었다.

* * *

휘릭…….

마당을 교교하게 비추고 있던 달빛이 홀연 스며든 칼날 아래 잘게 부서졌다.

백리휴.

그는 자신이 묶고 있는 방 앞에서 백문검을 휘두르고 있었다.

잠에 들지 못할 만큼 찝찝한 기분.

'청화가 납치된 것은 이장주님이 의도적으로 방치한 것이었다.'

자신이 악소채와 함께 외출한 것이 이적산의 의도였을 것이다.

그러지 않다면 마지막에 이적산이 수하들을 이끌고 일휴정에 나타나지는 못했을 터, 그것은 달리 말해 적어도 청화가 납치될 당시 충분히 막았을 수 있음에도 불구하고 방관했다는 생각이 들었다.

'만약 청화가 납치되는 것을 애초에 막았다면 무의미한 희생은 없었을 것이다.'

그는 어려서부터 유학을 공부한 학자였다. 어쩔 수 없는 상황이었고, 납치범들이 오히려 살수를 펼쳐오기는 했으나 당연히 살인을 좋아할 리 만무했다.

'대체 무슨 까닭으로 그러한 일을 벌였단 말인가? 설마 내 손을 이용해 다른 자들을 죽이려 하기 위해서……?'

그러나 따지고 보면 그것도 아닌 것 같았다.

비록 십팔사영들을 비롯한 청화를 납치할 때 몇몇의 인물들을 해치우긴 했으나 원흉이라고 할 수 있는 조만을 죽인 자는 다름 아닌 이적산이었다.

"도무지 알 수 없군……."

탄식하듯 중얼거린 그는 수중의 백문검을 힘차게 휘둘렀다.

휘잉…….

검은 달빛이 무른 은빛의 공간을 빠르게 휘젓고 지나갔다.

대검심문.

백문검법 중 일초인 이것이 펼쳐지자 사방은 무수한 검기가 그물처럼 퍼져 나갔다.

그렇다고 달리 특별한 검초식을 펼친 것도 아니었다. 그것은 백문검법이 어떤 초식이나 형을 만드는 검법이 아닌 그저 검 자체에 초점이 맞춰져 있기 때문이었다.

일초인 대검심문이 '검의 본질'을 파악하기 위한 것이라면 이초인 대예논문은 '검을 어떻게 사용해야 하는가?'라는 의문점에서 출발하였고, 마지막으로 삼초인 대도추문은 '검의 도는 무엇인가?'라고 하는 것이 화두였다.

그것은 현무자가 남겨준 매화심검론과 완전히 똑같지는 않아도 어느 정도 유사한 점이 있었다.

사실 백문검법도 그랬지만 매화심검론 역시 현무자가 평생 동안 검에 대해 깨달은 일종의 논문과 같은 것이라 일반적인 검법으로 규정하기엔 무리가 있었다.

그것은 백문검법이 초식은 있으되 초식으로 규정할 만한 검법의 운용이나 형이 없었기 때문이었다. 무초(無抄)라고 할까.

여기서 초식이 없다는 말은 정말로 초식이 없는 것이라기보다는 초식에 구애받지 않는다는 게 정확한 표현이었다.

그러므로 지금 백리휴가 휘두르고 있는 대검심문은 그야말로 그가 즉흥적으로 떠오른 것에 지나지 않았다.

그럼에도 불구하고 그의 검끝에서부터 서늘한 검기가 피어난다는 것은 실로 불가사의하다고 할 수 있었다.

쉬익! 쉭!

검기가 가느다란 파공음을 내며 어두운 공간을 갈라갔다.

그저 내뻗어 간다기보다 마치 살아 있는 생명체처럼 날아간다는 느낌의 검기였다.

휘익!

그때 그의 옆으로 한줄기 싸늘한 느낌이 파고들었다.

"……!"

흠짓 놀란 백리휴는 황급히 수중의 검을 옆으로 내뻗으며 고개를 돌렸다.

흑의인.

그의 동공에 들어온 것은 얼굴을 검은 복면으로 감싼 흑의인이었는데, 그는 백리휴가 내뻗은 검기에 흠칫 놀라며 재빨리 허공에서 몸을 틀었다.

갑자기 그의 신형이 허공에서 푹 꺼지듯 사라지더니 난데없이 백리휴의 눈앞에서 불쑥 모습을 드러냈다.

'헛!'

내심 흠칫 놀란 백리휴는 황급히 뒤로 물러섰다.

"그렇게는 안 돼지."

변성이라도 한듯 쉰 목소리를 내며 흑의인은 그를 바짝 따라붙으며 양손을 비쾌하게 내뻗어갔다.

양손이 태극을 그려내며 앞으로 쭉 뻗어 왔는데, 손과 손 사이에서 희뿌연 빛이 형성되더니 곧장 유성처럼 백리휴의 가슴을 향해 날아드는 것이었다.

실로 불가사의할 정도로 빠른 속도.

'무심절…….'

백리휴는 이를 악문 채 수중의 백문검을 휘둘러 비스듬히 베어갔다.
파파팍…….
그의 검끝에서 흘러나온 서늘한 검기가 흑의인이 내뻗은 광채와 충돌하더니 가벼운 소음을 일으켰다.
"횡소천군이로군."
흑의인의 입에선 기이한 신음과 같은 말소리가 흘러나왔다.
그것은 상대가 횡소천군을 펼쳤다는 사실보다는 자신의 일수를 고작 횡소천군으로 막아냈다는 것에 대한 놀라움이었다.
"그럼 이것은 어떻습니까?"
백리휴는 담담히 외치며 수중의 검을 재차 휘둘렀다.
무심절에 이은 무심찰.
순식간에 베기에서 찌르기로 변한 검은 곧장 흑의인의 미간을 향해 폭사되어 갔다.
파앗…….
흡사 낙뢰가 검끝에서 뿜어져 나온다고 할까.
실로 가공할 빠름을 보이며 검은 곧장 흑의인을 향해 찔러왔다.
'이런……? 미륵성화벽(彌勒聖火壁)!'
내심 비명처럼 외친 흑의인은 즉시 두 손을 합장했다. 그러자 그의 손을 중심으로 눈부신 빛이 불꽃처럼 뿜어져 나오는 것이었다.

꽝!

검과 빛이 충돌하여 요란한 폭음이 터져 나왔다.

흑의인은 충격에 어깨를 흔들며 주륵 뒤로 밀려났다.

밀려난 순간 그의 신형은 다시 용수철처럼 튀어 오르며 곧장 백리휴 앞으로 날아가더니 양손을 각기 다른 수법으로 펼치며 후려쳐 갔다.

쓰우우웅…….

손끝에서 이는 바람 소리.

검객들이 검을 이용해 검기를 뿜어낸다면 장법의 소유자들에겐 장강이란 게 있다.

이는 장력에 강기를 두른다는 의미로, 사실 당금 천하에 장강을 뿜어내거나 마음대로 휘두를 수 있는 자는 극소수에 지나지 않는다고 해도 과언이 아니었다.

그런데 놀랍게도 불청객처럼 나타난 흑의인은 그러한 장강을 마음대로 펼쳐내는 게 아닌가.

그것도 양손에 각기 다른 초식을 사용하며 장강을 발출하자 백기휴는 마치 두 명의 고수를 상대하는 셈이 되었다.

그러나 그는 잠시 멈칫 놀라는 기색을 보였을 뿐, 그의 검은 지체 없이 부드럽게 허공을 베어갔다.

쉬이이익…….

조금 전엔 횡소천군과 같은 베기가 아닌, 매우 단순한 형태의 베기였다.

그러나 이 단조로운 일검에 눈앞으로 날아들던 장강들은 마치 바닷물에 빠져 버린 모래알처럼 순식간에 흩어져 버리는 것이었다.

'허엇! 이럴 수가…….'

흑의인은 내심 아연히 놀라며 황급히 신형을 허공으로 뽑아 올렸다.

조금만 지체했다간 그대로 자신의 가슴이 갈라질지도 몰랐기 때문이었다.

그러나 검은 마치 자석에게 달라붙는 쇠붙이처럼 흑의인의 몸을 향해 날아오며 집요하게 노리는 것이었다.

"그만, 그만……."

흑의인은 손을 내저으며 다급히 소리쳤다.

그제서야 백리휴는 검을 멈추었다.

"허어… 대단하구만."

흑의인은 한숨과 함께 얼굴을 가리고 있던 복면을 벗었다.

들어나는 얼굴은 바로 태평장의 장주인 이적산이었다.

"자네와 조금 놀아보려다가 하마터면 낭패를 볼 뻔했네."

"설마 그럴 리가 있겠습니까?"

이적산의 엄살 섞인 말에 백리휴는 미소 지으며 고개를 저었다.

"평생 동안 수많은 검객들을 만나보았지만 지금 자네와 같은 검은 실로 처음일세."

이적산은 혀를 내두르는 얼굴을 했다.

"처음엔 횡소천군이라고 생각했었는데 지금 생각해 보니 그런 것 같지도 않군."

"무심도법이라고 합니다."

"검법이 아니라 도법이란 말인가?"

"처음 소생에게 이를 알려주신 분이 도를 쓰신 터라……. 소생은 검을 사용하기엔 도법을 검법으로 바꾸어 사용한 것입니다."

사실 칼과 검은 겉보기엔 비슷하나 전혀 다른 병기라고 할 수 있었다.

그것은 병기의 중심이 되는 부분이 서로 다르기 때문인데, 또는 그 중심이 도 끝부분에 가깝게 되어 있고, 반대로 검은 중심이 손잡이에 가깝게 만들어져 있기 때문이었다.

이는 파괴력을 높이기 위해 만들어진 병기가 도라면 검은 변화가 위주가 되는 병기이기 때문이었다.

그러므로 도법을 검법으로 변화하여 펼친다는 것은 백리휴의 능력이 그만큼 뛰어나다는 의미이기도 했다.

이적산은 감탄한듯 말했다.

"놀랍구만. 도법을 검법으로 전환해 사용하기는 말처럼 쉽지만은 않을 텐데……."

백리휴는 고개를 저었다.

"처음 소생에게 무심도법을 알려주신 분이 자세히 가르쳐 주었기에 소생은 생각보다는 그리 힘들지 않았습니다."

"허허……. 남들 앞에선 그런 소리를 하지 말게."

"예?"

"지금 그 말을 그대로 했다간 잘난 척한다고 타박을 받을 걸세. 도법을 검법을 바꿔 사용하는데 별다른 어려움이 없었다니……. 재수 없다고 욕이나 듣지 않는다면 다행이겠군."

"……."

백리휴는 다소 멋쩍은 표정을 했다.

"한데 밤늦게 어인 일이십니까?"

이적산은 여전히 입가에 미소를 떠올리고 있었다.

"자네 며칠 전 내가 한 말을 기억하는가?"

"장주님께서 하신 말씀이라시면……."

"십만대산으로 함께 동행하기로 하지 않았는가?"

"아!"

그제서야 백리휴는 생각난 듯 고개를 끄덕였다.

"하면 떠나실 생각이신거로군요."

이적산은 고개를 끄덕였다.

"그렇다네. 그것도 내일 아침 일찍 말일세. 괜찮겠는가?"

"물론입니다."

"그럼 내일 아침에 다시 보도록 하지. 하인을 보내겠네."

"알겠습니다."

"그럼 쉬게."

그 말을 끝으로 이적산은 돌아갔다.

한동안 백리휴는 그가 사라진 곳을 망연히 바라보며 알 수 없다는 눈빛을 했다.

단지 십만대산을 가는데 동행하자는 말을 하기 위해 그가 여기까지 왔다는 게 조금은 이해되지 않았던 것이다.

'전에 내가 약속했으니 통보만 해줘도 되는 문제인데…….'

백리휴는 고개를 갸웃거렸으나 이내 몸을 돌려 방 안으로 들어갔다.

내일 떠나려면 잠을 자둬야 했기 때문이었다.

第五章

살수들의 장원

면왕 백리휴

다음 날 아침.

덜컹덜컹…….

희뿌옇게 피어오른 아침 안개를 헤치며 한 대의 마차가 움직이고 있었다.

검은 준마 한 마리가 끄는 마차는 덮개가 없어 마차라기보다는 수레에 가까운 형태였는데, 수레 앞에는 평범한 흑의를 걸친 촌노차림의 노인과 백의청년이 앉아 있었다.

"상쾌한 아침이로군."

흑의노인의 말에 백의청년은 다소 어이없다는 얼굴을 했다.

"이해할 수 없군요."

"뭘 말인가?"

"왠지 도망치듯이 태평장을 떠나는 거 같아서 말입니다."

"그저 조금 서두르는 것뿐이네. 십만대산까지 갔다 오려면 바쁠 테니까."

"그래도 장주님과 단 둘이서 같다는 것은 생각지도 못했습니다."

얘기를 나누는 두 사람은 바로 이적산과 백리휴였다.

이른 아침부터 백리휴는 방으로 찾아온 태평장 무사의 안내를 받아 장 밖으로 나가게 되었고, 기다리고 있던 이적산과 함께 이렇게 태평장을 떠나오게 된 것이었다.

"괜찮겠습니까?"

백리휴가 그를 보며 물었다.

어제 하마터면 청화가 납치되어 악소채가 위험에 빠질 뻔한 일을 말하는 것이었다.

즉 장주인 이적산이 자리를 비운다면 그녀를 비롯한 태평장 전체가 위험해질 수도 있지 않겠느냐는 질문이었다.

이적산은 빙그레 미소 지었다.

"너무 걱정할 것 없네. 태평장은 보기보다는 대단한 곳이니까. 마음먹고 경계를 펼친다면 나는 새라 하더라도 함부로 들어올 수 없네. 우리가 십만대산을 다녀올 동안은 충분할 걸세."

덜컹덜컹…….

그들이 타고 있는 수레는 그리 느리지 않은 속도로 안개를 속을 헤치며 움직여 갔다.

어느 틈엔가 안개는 서서히 걷히기 시작했다.

싱그러운 햇살을 뿌려주던 태양은 점차 하늘 가장 높은 곳으로 이동했다.

그렇게 얼마를 움직였을까.

그들이 타고 있던 수레는 계양을 벗어나 산길로 접어들고 있었다.

아름드리 나무.

장정 세 명이 서로 두 팔을 벌리고 안아야만 겨우 안을 수 있을 정도의 거대한 거목이 산길로 통하는 좁은 소로에 쓰러져 있었다.

"허 참, 알 수 없군."

백리휴는 자신들이 타고 있는 수레 앞을 가로막은 채 쓰러져 있는 나무를 보며 이해하기 힘들다는 얼굴을 했다.

"근자에 태풍이 온 적도 없는데 이렇게 큰 거목이 꺾인 채 쓰러진 게 있을 수 있는 일입니까?"

"저걸 보면 이해가 될 걸세."

이적산은 손가락으로 나무를 가리켰다.

그곳은 쓰러져 있는 나무의 꺾인 부분이었는데, 외부의 강력한 충격이라도 받은 듯 움푹 패여 있었다.

백리휴는 두 눈을 반짝였다.

"나무에 저런 상태라는 건 누군가 일부러 길을 가로막기 위해 그랬다는 거겠군요."

"그렇겠지."

"하지만 누가……?"

"그건 여기에 숨어 있는 쥐새끼들에게 물어보면 알겠지."

"쥐새끼들……?"

"네놈들은 모두 이곳에서 죽는다!"

백리휴가 의아한 얼굴을 하는 순간, 사방에서 메아리치듯 살벌한 외침이 터져 나왔다.

파파파팟…….

수십 줄기의 흑영들이 좌우의 숲에서부터 솟구쳐 나온 것은 그 다음의 일이었다.

정확히 서른 명의 인영들.

머리에서 발끝까지 검은 복면으로 뒤집어쓴 흑의인들은 한 손에 장검을 쥐고 있었는데, 일신에서 흘러나오는 차가운 살기는 그들이 고도의 수련을 받은 살수임을 알 수 있게 했다.

"뒈져라!"

"여길 벗어날 수 없다!"

그들은 일제히 허공에 뜬 채 두 사람을 향해 쾌속하게 검을 휘둘렀다.

쐐애애액…….

전광석화와 같은 검기.

"불나방 같은 놈들……."

이적산은 같잖다는 듯 중얼거리며 우수를 앞으로 쭉 내뻗으며 반원을 그렸다.

휘우우우욱…….

그의 손끝에서 음유하면서도 거대한 기운이 흘러나와 흑의인들의 검기를 튕겨내는 것이었다.

꽝! 꽝! 꽝!

연속적인 폭음과 함께 흑의복면인들의 검세가 주춤거렸다.

"꺼져라!"

이적산이 다시 한 번 우수를 흔들었다.

그러자 조금 전보다 몇 배는 강한 기운이 그의 손바닥에서 폭포수처럼 쏟아져 나가며 허공에 떠있던 흑의복면인들이 뿜어낸 검기들을 쓸어가는 것이었다.

쿠콰콰콰쾅…….

이적산이 뿜어낸 장력이 흑의복면인들이 쏟아낸 검기들과 충돌하면서 엄청난 폭발음을 일으켰다.

한데 바로 그 순간이었다.

파아앗…….

흡사 독사가 혓바닥 내미는 듯한 미세한 소리와 함께 이적산과 백리휴가 타고 있던 수레 아래 바닥에서부터 소리 없이 네 줄기 인영이 솟구쳐 올랐다.

먼저 나타난 흑의복면인들과 마찬가지로 흑의를 걸친 네 명.

그들은 모습을 드러내기가 무섭게 곧장 이적산과 백리휴를 향해 검을 찔러갔다.

파앗!

가히 빛살 같은 빠름.

피하고 말고 할 틈도 없었다.

백리휴.

그의 허리춤에서부터 한줄기 섬광이 인 것은 바로 그때였다.

번쩍!

빛이 날아들던 네 자루의 검을 그대로 튕겨냈다.

사실 네 명의 기습이 눈에 보이지 않을 만큼 빨랐다면, 백리휴가 검을 뽑아 반격하는 속도는 불가사의할 정도로 빨랐다.

땅! 따당!

빛살과 같은 검기가 날아들던 네 자루의 검을 잘라버리며 그대로 그들의 가슴을 갈랐다.

네 명의 흑의복면인.

그들은 각기 그 자리에 뿌리라도 내린 듯 우뚝 멈춰 섰는데, 백리휴를 바라보는 그들의 눈빛은 자신들이 단 일초에 당했다는 것에 대한 경악과 또한 어떻게 이렇게 빠른 검초가 있을 수 있는지에 대한 불신의 빛이 떠올라 있었다.

무엇이 어찌 되었던 네 명의 흑의복면인들은 가볍게 온몸을 떨더니 허물어지듯 맥없이 그 자리에서 쓰러지고야 말았다.

쿠당! 쿠당!

사실 이적산과 백리휴를 향해 서른 명의 흑의인들이 살수를 펼치고, 다시 네 명이 모습을 들어 내 일검을 암습해 온 것을 백리휴가 백문검을 휘둘러 그들을 쓰러뜨리기까지 걸린 시간은 불과 숨을 몇 차례 들이마실 찰나에 지나지 않았다.

일순 다급한 외침이 터져 나왔다.

"퇴각! 물러서라."

흑의복면인들은 나타날 때와 마찬가지로 번개같이 그 자리에서 자취를 감추었다.

"아닌 밤중에 홍두깨로군요."

백리휴는 다소 허탈한 얼굴을 한 채 고개를 절레절레 흔들었다.

"단순한 착각 같지는 아닌 것 같은데요."

이적산이 고개를 끄덕였다.

"살수들이 착각했을 리가 만무한 일이지."

"그럼 우리를 노렸다는 말입니까?"

"여기 우리 말고 다른 자들이라도 있는가?"

이적산은 여전히 무덤덤하게 말하며 앞을 향해 손을 흔들었다.

그러나 그의 손에서 무형의 기운이 쏟아져 나오자 앞을 가로막은 채 쓰러져 있던 나무가 그대로 푸스스스 가루가 되어 버리는 것이었다.

"가세나. 십만대산까지는 아직 길이 멀다네."

이적산은 태평스런 얼굴로 말고삐를 흔들었다. 그러자 말은 가볍게 투레질을 하더니 이내 앞으로 걸어가기 시작했다.

백리휴는 여전히 의아한 얼굴을 하고 있었다.

"혹시 어제 청화를 납치했던 자들과 관계가 있습니까?"

이적산은 그에게로 고개를 돌렸다.

"자네는 이 광동을 장악하고 있는 곳이 어딘지 알고 있는가?"

"모르겠습니다."

"광동엔 과거 백련교가 멸망한 뒤로 이렇다 할 세력은 없네. 다만 해남도에 해남검파가 있을 뿐이지."

"해남검파……."

백리휴는 생소한 듯 나직이 중얼거렸다.

사실 해남검파는 광동과는 조금 떨어진 해남도에 위치한 문파였다.

해남도 전체를 통틀어 유일한 문파인 그들의 영향력은 백련교가 마교로 알려지고 위세를 떨칠 즈음엔 해남도에만 국한되었으나 근자에 들어 그들은 슬그머니 그 힘을 광동까지 뻗고 있는 실정이었다.

이적산이 말했다.

"그 해남검파가 광동에 제법 큰 힘을 발휘하고 있네. 그렇기에 그들은 날 눈엣가시처럼 여기지. 어제 청화를 납치했던 자들이 누군지 아는가? 바로 해남검파였네."

뜻밖의 말에 백리휴는 의아한 얼굴을 했다.

"그들이 무엇 때문에 그런 짓을 한단 말입니까? 태평장은 강호방파가 아닌 상단에 지나지 않는데요."

"허허……. 쉽게 얘기하자면 계양을 비롯한 광동엔 아직 적지 않은 수의 백련교 신자들이 있네. 비록 그들은 겉으로는 아무런 상관없는 것처럼 보이나 그들은 대를 걸쳐 이어온 열성적인 신자들이지."

"……?"

"그런데 문제는 해남검파가 광동을 장악하려 하면서부터 발생하게 되었네. 즉 해남검파가 아무리 노력을 해도 백련교도들의 입장에선 그들을 받아들일 수 없다는 거지. 백련교도들에게 있어선 가장 중요시 되는 것이 백련교였고 그 구심점이 되는 게 우리 태평장일세. 어찌 되었든 태평장은 사라진 백련교의 마지막 맥을 이었으니까 말일세."

"결국 어제의 납치 건도 그렇고 전에 있었던 악 소저를 해치려 했던 것도 해남검파가 광동을 장악하기 위해 그런 거란 말씀이십니까?"

"그들은 우리 태평장이 걸림돌이라는 것은 알았지만 정확한 사실을 파악하지 못하고 있지."

"장주님을 비롯한 태평장이 백련교의 후손이라는 걸 모르고 있다는 말이로군요."

"바로 그것일세."

그의 말대로였다.

사실 태평장은 백련교의 후예들이 만든 곳이었고, 이적산은 그들을 이끄는 존재였다.

게다가 그들은 숨어 지내는 백련교도를을 이끄는 지도부나 마찬가지였으니, 해남검파가 광동을 지배하기 위해선 무엇보다도 태평장의 위세를 약화시키거나 아예 없애버려야만 했다.

'해남검파는 단지 태평장이 거대 상단이고, 그런 힘을 이용하여 광동에서 지배력을 발휘하고 있다고 생각하겠지만 정확히 종교집단이란 것을 알지 못하는 이상 힘들겠군.'

백리휴의 생각대로였다.

태평장의 실체는 종교집단이다. 종교의 속성상 신도들에게 있어선 태평장은 절대적인 가치를 지니고 있었으니, 해남검파의 힘이 아무리 강하다고 해도 결국 우선순위에 있어선 태평장에게 밀릴 수밖에 없었다.

바로 그러한 점을 해남검파가 모르고 있다는 게 문제라면 문제였다.

'그랬기에 악 소저를 납치해서 장주님에게 압박을 가하려 했거나 그녀를 죽여서 태평장 전체에 타격을 주려고 했을 테지. 으음…….'

백리휴는 거기까지 생각이 미치자 내심 무거운 신음을 흘리지 않을 수 없었다.

그는 고개를 절레절레 흔들었다.

"그들의 의도가 되지 않은 게 다행이로군요. 그러지 않았다면 화가 해남검파뿐 아니라 광동 전체로 번질 수도 있으니까 말입니다."

"사실 내가 걱정하는 것도 바로 그 점이지."

악소채는 백련교도들, 특히 성화미륵불파에겐 절대적이라고 할 수 있는 신녀의 신분이다.

신녀는 백련교의 구심점이라고 할 수 있는데, 만에 하나 그런 그녀가 해남검파에 의해 해라도 입기라도 한다면 결코 백련교가 가만히 있지 않을 게 분명했다.

"아마 봉기라도 일어날 걸세. 그렇게 된다면 그것은 강호의 일이 아니라 국가 차원의 문제이니 황실에서도 가만히 있지 않겠지. 그렇게 된다면 최악의 상황이 될 걸세."

이적산은 무거운 얼굴을 했다.

예로부터 각 왕조의 흥망성쇠는 민란에 달렸다고 해도 과언이 아니었다. 명 황조가 들어서면서 초기에 백련교를 마교로 규정하고 거의 뿌리째 뽑은 데는 그러한 이유도 작용했기 때문이었다.

"중요한 건 해남검파가 태평장이 백련교라는 사실을 모른다는데 있겠군요."

"그렇네. 그렇다고 우리가 대놓고 백련교라고 밝힐 수는 없는 일이니 답답한 노릇일세."

백리휴의 말에 이적산은 안타깝다는 얼굴을 한 채 길게 한숨을 내쉬었다.

"사실 그들이 알고 있다고 해도 우리들의 입장에선 그들이 설치도록 놔둘 수 없는 입장이지. 해남검파의 힘이 커지게 되면 결국엔 내가 운영하고 있는 차에까지 손을 뻗치게 될 것이 뻔하기 때문이네."

"하면 그대로 방관하시겠다는 말씀이십니까?"

"물론 보고만 있을 수는 없네. 적어도 지금처럼 살수를 보내는 일 정도는 막아야겠지."

"방법이라도 있다는 말씀처럼 들리는군요."

"조금 전 우리들을 암습했던 놈들 말일세. 난 놈들에게 일장을 날리면서 은연중에 천리추종향을 뿌렸지."

천리추종향은 전문적으로 상대를 추적하기 위해 많이 사용하는 방법이었다.

주로 개방이나 하오문과 같은 특정 집단에서 많은 사용하는 것인데, 이적산이 그 짧은 순간에 천리추종향을 뿌렸다는 건 매우 의도적이라고 할 수 있었다.

백리휴는 놀랍다는 듯한 얼굴을 했다.

"그렇다면 놈들을 추적할 수 있다는 말씀이시군요."

이적산은 고개를 끄덕였다.

"적어도 놈들이 백 리 안에 있다면 내 추적을 피할 수 없지. 자, 그럼 가보세. 대체 어떤 놈들이기에 우리를 노렸는지 나도 궁금하군."

그는 말고삐를 흔들었다.

그러자 말은 재차 앞으로 걸어갔고, 이내 마차는 전처럼 덜커덕거리는 소리와 함께 앞으로 굴러가기 시작했다.

* * *

"실패했습니다."

이적산과 백리휴를 습격했던 흑의복면인들 중 한 명이 앞을 향해 부복했다.

흑의복면인 앞에는 청의노인이 서 있었다. 허리에 한 자루의 장검을 꽂은 채 그리 크지 않은 키였으나 무형 중에 압독적인 기운을 뿌리고 있는 그는 바로 종자기였다.

"서른 명이 넘게 달려가고도 실패했다는 말이 쉽게도 나오는군."

종자기는 흑의복면인을 보며 차가운 어조로 말했다.

흑의복면인은 가볍게 몸을 떨었다.

"놈들은……. 생각보다 더 대단한 고수들이었습니다. 특히……."

"특히?"

"이적산과 같이 있던 청년의 무공이 심상치 않았습니다. 우리들 무공이 가장 고강한 네 명이 암영밀천법을 사용해 몸을 숨기고 있다가 암습을 했지만 그가 펼친 검에 의해 모두 죽고야 말았습니다……."

암영밀천법은 살수들이 연성하는 은신술로, 한 번 펼치게 되면 세상에 다시없는 고수가 있다고 해도 암영밀천법을 이용해 숨어버린 살수들을 찾을 수 없었다.

"암영밀천법을 이용했는데도 실패했단 말이지?"

종자기가 뜻밖이라는 얼굴로 중얼거렸다.

게다가 단 일초에 암습했던 네 명이 모두 죽었다고 하니 이적산과 같이 있던 청년의 무공이 실로 놀라울 정도였다.

물론 자신 역시 단 일초면 네 명뿐 아니라 서른 명 모두를 죽일 수 있을 정도의 무공을 지니고 있었다.

'그러고 보니 상관홍염이 젊은 청년에게 당했다고 했지. 조만을 죽인 것도 그놈일 테고……'

조만 때문에라도 반드시 죽여야 할 놈이었다.

그러나 그것은 나중의 일, 현재로선 무엇보다 시급한 일이 이적산을 처치해야 한다는 것이었다.

'놈이 십만대산으로 가는 것이 확실한 이상 기회는 있다. 어차피 이번은 그의 힘을 알아보는 것에 지나지 않았으니…….'

그의 시선이 흑의복면인에게로 향했다.

"만들라는 혈마체(血魔體)들은 어떻게 되었지?"

"일단 다섯 구를 제련했습니다만 그 위력은… 생각보다는 덜한 것 같습니다."

노팔의 말에 종자기는 눈빛을 차갑게 했다.

"설마 실패했다는 것이냐?"

흑의복면인은 고개를 저었다.

"아닙니다. 말씀해 주신 대로 혈마체들을 만들어 내긴 했으나 재료들이 워낙 떨어지는 터라……. 제대로 된 무인들을 구할 수가 없었습니다."

"……."

그의 말에 잠시 뭔가를 골똘히 생각하던 종자기는 다소 차가워진 음성으로 명령을 내렸다.

"일단 장원으로 돌아가서 기다리고 있어라. 다시 연락하겠다."

"알겠습니다. 그럼……."

흑의복면인은 이내 그 자리에서 신형을 날려 사라졌다.

종자기는 슬쩍 눈살을 찌푸렸다.

"아무래도 그들에게로 연락해야겠구나. 이적산, 네놈은 너무도 오만하다. 내가 노리고 있는 줄을 알면서도 홀로 태평장을 나오다니……. 이제 곧 그 대가를 치루게 될 것이다."

그는 가볍게 발끝을 박찼다.

그의 신형이 허공으로 뿌연 잔영을 그리며 쏘아지듯 날아갔다.

얼마쯤 달려왔을까.

문득 그는 신형을 멈추었다.

그가 멈춘 곳은 낡은 관제묘 앞이었다.

본래 관제묘는 사람들이 왕래가 잦은 곳이나 마을 외곽에 설치되어 있는 게 일반적이었다.

그러니 이처럼 인적이 끊기다시피 한 숲 속의 폐가나 다름없어 보이는 관제묘란 실로 보기 드물다고 할 수 있었다.

종자기는 주위를 슥 둘러보더니 지체하지 않고 관제묘 안으로 들어갔다.

관제묘 안은 정면에 관우상과 제단이 놓여져 있었는데, 특이하게도 중앙에는 작은 원탁이 위치해 있었다.

"차 한 잔 주지 않겠소?"

종자기는 불쑥 말하며 원탁 앞에 앉았다.

그 순간 실로 믿을 수 없게도 그가 앉아 있는 원탁 앞 의자에 한줄기 인영이 유령처럼 모습을 드러낸 채 앉아 있었다.

꽃잎처럼 짙은 녹의를 걸치고 처렁치렁한 수발을 가는 허리까지 드리운 채 탁자에 앉아 있는 꽃처럼 아름다운 미모의 중년여인. 그녀는 한 손에 차가 담긴 주전자를 들고 있다가 찻잔을 종자기 앞으로 내밀었다.

"연화차(蓮花茶)입니다. 갈증을 해소하기엔 그만이죠."

듣는 이의 기분마저 상쾌해질 정도의 맑은 음성.

그녀는 종자기 앞에 놓인 찻잔에다가 차를 따랐다.

쪼르르…….

차가 찻잔에 담기자 향긋한 꽃향이 은은히 코끝을 간지럽혔다.

종자기는 찻잔을 쥐고는 천천히 차를 마셨다.

입 안 가득 향그러운 연꽃향이 번져 갔다.

"좋군."

"주염계(周濂溪:송나라 유학자)는 애연설(愛蓮說)을 통해 연꽃이 화차의 군자라고 말했답니다."

종자기가 감탄한듯 말하자 녹의여인은 새하얀 이를 드러낸 채 싱긋 웃어 보였다.

종자기가 고개를 끄덕였다.

"들어본 적이 있는 것 같군."

"사실 이 화차는 생각보다 많은 손길을 요구하죠. 화차에선 중요한 것이 향기라고 할 수 있는데, 향기의 많고 적음은 몇 번 훈화(勳花)했느냐에 따라 많이 달라지니까요."

훈화이란 도자기로 된 항아리 속에 한 층은 차를 넣고 한 층은 꽃을 넣어 마치 시루떡을 만드는 것처럼 하여 차가 꽃향기를 충분히 흡입하는 방법을 말한다.

달리 차와 꽃을 혼합하여 섞은 뒤 차가 꽃향기를 충분히 흡입하는 방법도 있는데, 차가 꽃향기를 충분히 흡입한 뒤 차와 꽃을 분리하여 종이 위에 그 찻잎을 놓고 불 위에서 말리기도 했다.

그러나 대부분 화차는 한 번의 훈화로서는 제대로 된 화향이 나지 않으므로 최고 일곱 번까지 훈화할 수가 있었다.

"군자의 차라……?"

"그러한 연화차를 마셨으니 그 대가도 제법 비싸답니다."

"이렇게 좋은 차를 마셨으니 응당 돈은 주어야지. 하지만 찻값에는 목숨값도 딸려 있으니 문제로군."

"찻값만 주신다면 그 정도는 우리들이 처리해 드릴 수도 있습니다."

"그 상대가 이적산이라고 해도 말인가?"

"이적산이라면 태평장의 장주를 말하시는 건가요?"

"그렇다네. 지금 그는 십만대산으로 가고 있는 중이지. 청년 하나와 동행한 채 수하도 없이 말일세."

"솔직히 말하자면 이적산의 목숨값은 찻값보다 비싸지요. 하지만 어르신은 오랫동안 우리의 고객이니 이번만은 찻값으로 해드리도록 하겠습니다. 참고도 지금 드신 연화차의 비용은 금자 일천 냥입니다."

은자 서른 냥 정도면 네 식구가 풍족하지는 않지만 일 년은 먹고 살 수 있을 정도의 돈이다.

그러니 금자 일천 냥이란 그야말로 상상조차 못할 액수.

그러나 종자기는 이내 고개를 끄덕였다.

"확실히 처리만 해준다면 적당한 가격이로군. 그러나 실패를 하게 된다면 어찌할 텐가?"

"믿지 못하겠다면 어쩔 수 없지요. 하지만 우리 십삼사(十三死)가 노려서 이제껏 살아 있는 자들은 없었다는 것을 알아주시기 바랍니다."

그녀의 입에서 흘러나온 십삼사란 열세 명의 인물을 가리켰다.

열세 명의 살수.

그들은 광동일대에서 주로 활약했는데, 천하에서 이름 높은 살막(殺幕)이나 귀혈방(鬼血幇)과 같은 살수조직은 아니나 적어도 이제껏 단 한 번의 실패도 없던 죽음의 사신들이었다.

눈앞의 녹의중년미부는 십삼사들 중에서 요사(妖死)라 불리우는 여인으로, 십삼사에게 들어오는 모든 청부는 전적으로 그녀를 통해 이뤄지고 있었다.

종자기는 품속에서 전표 한 장을 꺼내 탁자 앞으로 내밀었다.

"대륙전장에서 발행하는 황금 삼백 냥짜리 전표일세. 나머지 액수는 완벽히 살행을 끝냈을 때 지급하도록 하지."

녹의여인 요사는 전표를 받아들며 화사하게 웃어 보였다.

"이제 곧 어르신께선 이적산이 죽었다는 소식을 들을 수 있으실 겁니다."

"놈의 수급을 내게 가져오도록……."

"물론입니다. 앞으로 삼 일 후에 찾아뵙겠습니다."

이 말을 끝으로 그녀의 모습은 탁자 앞에서 사라져 버렸다.

실로 극성에 이른 신법.

"제법이로군. 한낱 살수라고 하기엔 괜찮은 신법이야."

종자기는 그녀가 사라진 방향을 바라보다가 스윽 자리에서 일어섰다.

"갑자기 삼 일 후가 기대되는군."

종자기, 해남검파의 삼장노이자 다음 대의 해남검파의 장문이 되려는 야심찬 꿈을 가지고 있던 그의 신형도 그 자리에서 흔적 없이 사라지고야 말았다.

관제묘 안은 전과 마찬가지로 고요한 정적만이 흘렀다.

* * *

"신기하군."

"……?"

"자네 머리 말일세. 처음 태평장에 왔을 땐 온통 백발이었는데 어느새 희끗한 머리로 변했네."

울퉁불퉁한 지면을 덜컹거리며 움직여 가고 있는 마차에 걸터앉은 채 이적산은 백리휴의 머리를 바라보며 새삼스런 눈을 하고 있었다.

"기분 탓인지는 모르겠지만 심지어는 오늘 아침과 비교해도 더욱 검어진 느낌일세."

이적산의 말대로였다.

백리휴의 머리는 태평장에 온 한 달 전과는 달리 매우 짙게 변한 상태였다.

처음 그의 머리는 새하얀 백발이었다면 지금은 거뭇거뭇했는데, 아마 여기서 시간만 조금 더 지난다면 예전처럼 검은 머리카락으로 돌아갈 것처럼 보였다.

'당천효가 펼친 혼원이령대법의 부작용 때문에 머리카락이 백발이 되었다. 그의 영혼이 사라진 지금은 예전처럼 머리카락 색이 원래대로 돌아가는 것뿐이고…….'

백리휴는 내심 이와 같은 생각을 떠올리며 씁쓰레한 얼굴을 했다.

자연스럽게 청운장의 지하에 있었던 기억이 떠오른 것이었다. 당천효의 혼원이령대법이 독유가 펼친 앙천혈독공의 독기에 의해 발동하면서 그는 인간이기보다는 악마에 가까운 존재가 되었었다.

'나도 모르는 사이에 무영십이비에 격중되지 않았다면……. 아니 때맞춰 관군들이 나타나 포탄을 발사하지만 않

았다면 나는 살인귀가 되었을 것이다…….'

비록 청운장의 지하에 많은 수의 강호인들이 있었으나 다행스럽게 그에게 죽은 자들은 독유와 표윤봉, 그리고 그들의 수하들과 실혼마인들뿐이었다.

'운이 좋았다.'

백리휴는 내심 고개를 절레절레 흔들었다.

"저곳이로군."

이때 이적산은 굳은 음성을 한 채 말고삐를 흔들어 말을 멈춰 세웠다.

그들이 타고 있는 마차와 이십여 장 떨어진 곳에 한 채의 장원이 있었는데, 이적산은 그 장원을 주시하며 두 눈에서 차가운 한광을 뿌렸다.

"천리추종향이 바로 저곳에서 흘러나오고 있군. 그렇다는 건 우리를 암습했던 놈들의 본거지가 저기란 얘기겠지."

백리휴도 장원을 주시하며 침음을 흘렸다.

"겉보기엔 평범한 장원인 것 같군요."

"겉보기에만 그렇겠지. 느끼고 있나? 저 장원에서부터 지독한 사기가 흘러나온다는 걸."

"장원 안에 있는 자들이 마인인 듯싶습니다."

백리휴는 고개를 끄덕였다.

"한데 장원 안에 있던 자들을 어떻게 하실 생각이십니까?"

"나는 상인이네. 상인이란 결코 손해 보는 일은 하지 않지.

또한 날 죽이려고 하는 놈들을 그대로 놔둘 만큼 자비롭지도 않네."

"모두 제거하신다는 말씀이로군요."

"일단 놈들부터 파악해 보고 난 뒤에 결정해도 늦지 않을 걸세. 그러니 일단 장원 안으로 들어가지."

그는 먼저 말을 멈추었다.

이어 그는 마차에서 훌쩍 뛰어내리더니 천천히 장원의 정문 앞으로 걸어가는 것이었다.

*　　*　　*

"유가장(劉家莊)이라……."

이적산은 장원 앞에 서서 정문 위에 걸려 있는 편액에 쓰여진 글자를 읽더니 코웃음을 날렸다.

"정말로 이곳의 주인이 유가인지도 궁금하군."

쾅!

그는 발로 정문을 냅다 걷어찼다.

대문은 그 힘에 의해 안쪽으로 일장이나 날아가서 바닥에 떨어지고야 말았다.

"무슨 일이냐?"

"아니 대문이 왜 이렇게 됐어?"

유가장 안에서 무인으로 보이는 자들 십수 명이 우르르 몰려 나왔다.

이적산은 느긋한 얼굴을 한 채 천천히 장원 안으로 들어갔다.

그가 안으로 들어서자 장원의 무사들 몇몇은 움찔거리는 기색을 보였다.

"나를 아는군. 그렇다면 내가 왜 여기까지 왔는지 그 이유도 알겠지?"

이적산은 그들을 바라보며 냉소를 했다.

"하지만 내게 무릎을 꿇고 용서를 구한다면 목숨만은 부지할 수 있다. 물론 누가 배후에 있는지 이실직고부터 해야겠지."

"닥쳐! 놈을 공격해!"

무사들 중 한 명이 버럭 소리치며 챙 검을 뽑아 들었다.

나머지 무사들도 일제히 검을 뽑아들고는 곧장 이적산을 향해 달려들어 갔다.

"그럴 줄 알았다. 그래야 정상이지."

이적산이 달려드는 무사들을 향해 천천히 우수를 치켜들었다. 막 그가 그들을 향해 일수를 휘두르려는 순간.

팽! 패패패팽!

그의 등 뒤에서부터 날카로운 파공음이 들렸다.

십여 개의 잔돌이 달려들던 무사들을 향해 날아간 것이었다.

"컥!"

"헉!"

그에게 달려들던 무사들이 따닥거리는 소리와 함께 돌멩이에 격중되어 그대로 앞으로 꼬꾸라지고야 말았다.

십여 명에 으르는 무사들이 모두 날아든 돌멩이에 격중되어 기절한 것은 그야말로 눈 깜박할 사이에 일어난 일이었다.

백리휴는 이적산의 등 뒤로 다가서며 담담히 미소 지었다.

"장주님이 직접 손을 쓰시는 것보다는 소생이 처리하는 게 나을 거 같아서 말입니다."

이적산은 혀를 찼다.

"필요 없는 목숨은 죽이지 않겠단 말인가? 그런데 과연 이곳에 그럴 만한 가치가 있는 놈들이 있는지 모르겠네."

"다 죽이면 시체 치우기도 힘이 듭니다."

"웬 놈들이냐?"

갑자기 장원 안쪽에서 차가운 외침과 함께 수십 명의 무사가 우르르 쏟아져 나왔다.

그들 중 일부는 정문 앞에 서 있는 이적산과 백리휴를 보고는 멈칫 놀란 기색을 했다.

선두에 서 있던 사십 대 중반쯤으로 되어 보이는 흑의장한이 두 사람을 보려 보았다.

"난 유가장의 장주인 유만필이오. 그쪽은 누군데 우리 유가장에서 행패를 부리는 것이오?"

이적산은 그를 보며 빙그레 웃었다.

"유만필이라……. 눈빛이 눈에 익은 자로군. 아까 날 암습했던 놈들 중 한 명인가?"

유만필의 눈빛이 차갑게 굳어졌다.

"무슨 말인지 모르겠소."

"아까 네놈들이 암습을 했을 때 난 천리추종향을 뿌렸지. 덕분에 여기까지 쫓아올 수도 있었고……. 그러니 그렇게 잡아 뗄 필요가 없네. 어차피 그 대가를 치러야 할 테니까."

"알아서 지옥 구경하러 왔다는데 굳이 마다할 필요는 없지."

유만필의 입가로 진득한 살소가 떠올랐다.

"어차피 죽였어야 할 몸이었으니… 놈들을 죽여라!"

그의 명령이 떨어지자 주위에 있던 수십 명의 무사들이 음침한 괴소를 날리며 이적산과 백리휴 앞으로 서서히 다가갔다.

"흐흐……. 여기에 안 왔으면 며칠이라도 더 살 수 있었을 텐데……."

"여기까지 왔으니 특별히 육시를 해 젓을 담가주마!"

"어떠냐? 아직도 저놈들을 죽이지 않아야 한다고 생각하는가?"

이적산은 태평스럽게 옆에 있던 백리휴에게 말을 건넸다.

백리후는 한 손으로 머리를 긁적거렸다.

"아무래도… 그건 힘들 것 같군요."

"부처도 그러지 않았는가? 한 명을 죽여 만 명을 구할 수 있다면 악귀가 될 수 있다고……. 오늘 내가 악귀가 될 걸세."

휘익…….

곧장 그의 신형이 다가서고 있던 무인들을 향해 쏘아지듯 날아갔다.

"이 늙은이가… 뒈져라!"

무인들은 일제히 검을 뽑아들고는 휘둘러갔다.

파츠츠츳…….

퍼붓듯 쏟아지는 검기.

"허접한 놈들일수록 머리 숫자만 믿고 설치지."

이적산은 냉냉한 코웃음과 함께 양손을 쭈욱 내뻗었다.

후우우우웅…….

그의 장심에서부터 은은한 기운이 일더니 무지개처럼 사방으로 쫘악 퍼져 나갔다.

매우 유연하기 이를 데 없는 장력. 그러나 그 결과는 정 반대였다.

쾅! 콰앙!

그의 장력이 스칠 때마다 벼락 떨어지는 굉음이 터져 나왔고 그때마다 처절한 단말마와 함께 무사들이 피떡이 되어 나가떨어졌다.

"크아아악……."

"케에엑……."

순식간에 십여 구의 시체가 바닥에 나뒹굴었다.

'실로 가공할 위력의 장법이로구나. 저 정도라면 결코 무심도법에 못지않은 걸.'

백리휴는 해연히 놀란 얼굴을 했다.

팽뢰가 전수해 준 무심도법은 굉장히 파괴력이 강한 도법으로 강한 상대와 맞부딪혔을 때 주로 사용했었는데, 지금 이적산이 보여주고 있는 장법의 위력 또한 무심도법에 못지않았고, 경우에 따라선 매우 잔혹하기까지도 했다.

그의 일장에 격중된 시신들은 팔다리 부러져 나간 것은 기본이고 몸 전체가 움푹 패이거나 그 위력에 의해 뜯겨져 나가 흡사 맹수에 의해 뜯어 먹혔다고 봐도 무방할 정도였다.

"아무튼……."

백리휴는 이적산 뒤쪽으로 시선을 던졌다.

순식간에 십여 구의 시신들이 피떡이 된 채 바닥으로 나뒹굴었음에도 불구하고 많은 수의 무인들이 달려들고 있었다.

"저놈들은 결국 살아 있을 필요가 없겠군."

백리휴의 신형이 소리 없이 무사들 틈 사이로 파고 들어갔다.

번쩍!

그의 허리춤에 매달려 있던 백문검이 뽑혀 나오며 눈부신 섬광을 토했다.

"크악……."

"커억……."

일검에 네 다섯 명의 무사들이 가슴이 갈라진 채 쓰러지고야 말았다.

"생사검멸진(生死劍滅陣)을 펼쳐라!"

유만필은 다급히 소리쳤다.

그러자 무사들은 일제히 이적산과 백리휴를 중심에 넣고는 일정한 간격을 유지한 채 그들을 노려보았다.

그것도 일순간.

"타핫!"

그들은 일제히 함성을 지르며 곧장 그들을 향해 검을 내뻗었다.

콰우우우웅…….

그들의 검끝에서 가공할 만한 검기가 용트림치듯이 뿜어져 나왔는데, 이제까지와는 전혀 다른 위력. 마치 절정고수들이 한꺼번에 검기를 폭출시키는 듯했다.

사실 그들은 전방에 열 명 가량을 앞에 내세운 뒤 나머지는 그들의 등 뒤에서 서로 명문혈에 장심을 붙이고 격체전력으로 공력을 넘겨주고 있었다.

그렇게 되자 이적산과 백리휴가 열 명을 상대하고 있기는 해도 그들의 무위가 적어도 절정 이상이 되는 상황이 된 것이다.

즉 두 사람에게 합공을 펼치고 있는 자들은 오십 명이 아닌 절정고수 열 명이나 다름없는 상황이었다.

"그 정도로는 어림도 없다!"

이적산이 버럭 소리치며 쌍장을 맹렬하게 휘둘렀다.

쓰와아앙!

그의 손길을 따라 노도와 같은 장력이 뿜어져 나왔고, 백리휴 역시 지체 없이 검을 휘두르자 날카로운 검기가 희뿌연 그림자를 흘려냈다.

콰충!

쿠콰콰쾅!

장력과 검기가 무지막지한 위세로 날아들던 검기들을 그대로 강타했다.

처음 그들과 충돌했던 열 명은 재빨리 뒤로 물러났다. 그러자 뒤에 있던 열 명이 앞으로 나서며 그들과 대치했다.

"머릿수로 싸우는 것은 한계가 있다!"

이적산은 자신의 장력으로 놈들을 어쩌지 못하자 노성을 지르며 곧장 허공으로 신형을 뽑아 올렸다.

동시에 그는 두 팔을 마치 독수리 날개처럼 활짝 펼친 채 아래에 있는 무사들을 향해 쌍장을 연달아 내뿜었다.

콰앙! 쾅!

마치 그의 쌍장에서부터 연달아 포탄이 터져 나오는 듯했다.

그들과 대치하고 있던 열 명 중 다섯 명이 일제히 쏟아져 날아오는 장력을 향해 검을 휘둘렀다.

푸콰아아앙…….

장과 검기들이 그대로 다시 한 번 충돌했다.

경력의 폭풍이 해일처럼 사방으로 퍼져 갔다.

이적산은 허공에서 핑그르 신형을 뒤집더니 다시 백리휴 옆으로 내려섰다.

"제법이로군."

그는 굳어진 안색을 했다.

유만필이 득의 어린 웃음을 날렸다.

"흐흐……. 생사검멸진은 격체전력으로 넘겨준 공력을 바탕으로 펼쳐내는 것이다. 이적산, 네놈의 무공이 놀랍다고는 하나 생사검멸진을 상대할 수 있으리라곤 믿지 않는다!"

"나 역시도 네놈이 잠시 후까지 살아 있을 거라고는 생각되지 않는다!"

"과연 그럴 수 있을는지 모르겠군. 공격해!"

유만필이 다시 크게 외치자 진을 이루고 있던 무사들이 빠르게 달려들며 검을 휘둘렀다.

쉿파아악…….

열 명. 두 명을 상대하고 있는 무인들은 단 열 명뿐이었다.

그러나 그들 등 뒤로 나머지 사십 명이 전체격력으로 공력을 넣어주고 있어 열 명이 뿜어내는 검기는 사뭇 흉맹스럽기

이를 데 없었다.

마치 거대한 열 마리의 이무기가 그대로 두 사람을 덮쳐드는 것과 같았다.

"이놈들은 제가 처리하겠습니다."

백리휴는 낭랑히 소리치며 앞으로 신형을 날렸다.

동시에 우수에 쥐어져 있던 백문검으로 날아오는 검기들을 향해 번개같이 휘둘러 갔다.

수우웅…….

검끝에서 흘러나온 검기가 상대들이 발출해낸 검기 등을 그대로 베어냈다.

언뜻 보아 평범해 보이는 횡소천군의 초식.

콰앙! 쾅!쾅!

화약이 잇달아 터지는 듯한 폭음이 터져 나오는 것은 그 다음의 일이었다.

그 순간 백리휴는 발로 바닥을 쿵 밟으며 진각을 일으켰다.

바닥에 나뒹굴고 있던 작은 돌멩이들이 튀어 오르자 백리휴는 즉시 왼손으로 그 돌멩이들을 잡더니 이내 앞을 향해 확 뿌렸다.

돌멩이들은 번개같이 날아가 공격을 하고 있던 무인들의 발을 강타했다.

퍼퍼퍼퍼퍽!

"크윽……."

"으윽……."

난데없는 공격에 다리들을 공격당한 무인들은 나직한 신음과 함께 신형을 휘청거렸다. 사실 지금 백리휴가 돌멩이들을 던진 수법은 당천효의 암기수법이었다.

비록 평범한 돌멩이이긴 했으나 당천효의 암기수법으로 던진 돌멩이들은 강력한 투석기나 다름없었다.

더군다나 다리 아래쪽으로 눈에도 보이지 않을 정도로 날아와 가격했으니 목숨엔 이상이 없다고 하나 그 충격은 상상외로 컸다.

설명은 길었으나 그야말로 눈 한 번 깜박할 순간에 벌어진 일.

두 사람을 공격하던 무사들이 주춤거리며 몸을 휘청거리자 그때를 놓치지 않고 백리휴는 그들 안쪽으로 뛰어들며 무심도법을 연거푸 휘둘렀다.

번쩍……. 쐐애애액…….

그의 검끝에서 뿜어져 나온 검기가 거미줄처럼 퍼지며 사방으로 휩쓸어갔다.

그의 검기에 휘말린 무인들이 황급히 검을 휘둘러 막아갔으나 이미 대여섯 명이 피를 뿌리며 나가떨어지고 난 뒤였다.

"으아아악……."

"커헉……."

순식간에 생사겁멸진이 와해되었다.

좀처럼 빈틈을 찾아보기 어려웠던 생사검멸진이 이렇게 무너져 버린 것은 백리휴가 펼친 암기 때문이었다.

단지 돌멩이에 불과한 암기였으나 천수암왕 당천효의 암기 수법으로 던진 것이었으니 결코 피할 수도 없었을 뿐만 아니라 그 위력 또한 설명할 수 없을 만큼 파괴적이었던 것이었다.

본래 튼튼하기 이를 데 없는 제방이라고 하더라도 손가락만 한 구멍 하나에 무너지는 법이 아니던가.

지금 그들이 펼치고 있던 생사검멸진이 딱 그랬다.

"아주 괜찮은 방법일세. 프하하하……."

뒤에 지켜보던 이적산이 호탕한 웃음을 터뜨리더니 이내 신형을 날려 그들에게 쌍장을 뿌렸다.

퍼엉! 펑!

"크아아악!"

"으아악!"

그의 장력에 격중된 무사들이 피떡이 되어 바닥으로 굴렀다.

생사검멸진이 붕괴된 이상 그들만의 힘으론 이적산을 막아내기란 거의 불가능에 가까운 일이었다.

순식간에 스무 명가량이 이적산과 백리휴의 공격에 의해 전신이 박살 나거나 잘라진 채 시체가 되어 바닥으로 쓰러지고야 말았다.

이미 생사검멸진은 붕괴된 것이나 마찬가지였다.

第六章

십삼사의 출현

'모두를 죽인다는 것은 내키지 않는 일이나 살수인 이들을 살려둔다면 더 문제를 일으킬 것이다.'

마음을 굳힌 백리휴는 검을 잡은 손에 힘을 주었다.

이적산과 함께 그들을 모두 죽이려 마음먹었던 것이다. 한데 바로 그 순간이었다.

구오오오오…….

그의 뒤에서부터 알 수 없는 기운이 뿜어져 나왔다.

그것은 솜털이 곤두설 정도의 지독한 사기였다.

"……!"

백리휴는 황급히 사기가 뻗어온 곳으로 몸을 돌렸다.

그곳에 유만필이 입가에 득의 어린 미소를 지은 채 서 있었다.

"흐흐……. 네놈들은 결코 살아선 여기를 빠져나가지 못한다."

다섯 명.

그의 등 뒤로는 검은 흑포를 길게 눌러쓴 다섯 명의 사내가 우뚝 서 있었다.

무감각하게 텅 비어 있는 동공.

창백하다 못해 푸르스름한 안색은 흑포인들이 살아 있는 자가 아닌 죽은 사자들처럼 느껴졌다.

그들이 나타나자 유가장의 무사들은 재빨리 뒤로 물러섰다.

이미 쉰 명 중에 서른 명 이상이 죽어 고작 스무 명가량만 남았을 뿐이었다.

그런 수하들을 보며 유만필은 으득 이를 갈았다.

"빠드득……. 혈마체들이 나타난 이상 네놈들은 죽은 것이나 다름없다."

"혈마체!"

"혈마체?"

그의 말을 들은 이적산과 백리휴의 입에서 서로 다른 외침이 터져 나왔다.

전자가 놀란 경악성이라면 후자는 의아하다는 반응이었다.

"혈마체라니……. 그렇다면 혈마의 진전을 얻었단 말인가?"

그의 말에 어리둥절한 건 백리휴였다.

"혈마체? 혈마는 또 누구인 겁니까?"

"혈마는 과거 삼백 년 전에 활약했던 혈교의 교주일세. 그는 희대의 악마로 알려졌는데, 그건 그가 살아 있는 자를 혈마시로 만들었기 때문이지. 혈마체는 혈마시가 되기 직전의 단계에 있는 존재를 말한다네."

혈마에 의해 만들어졌다는 혈마시는 일반적인 강시와 달리 생강시였다.

죽은 시체로 제련되는 강시에 비해 생강시는 살아 있는 자를 그대로 특수한 방법을 아용하여 만들게 되는데, 당시 일류 무인들을 납치한 뒤 그들을 혈마시로 만들었기에 천하의 공분을 샀었다.

그의 말을 들은 백리휴의 눈썹이 꿈틀거렸다.

"하면 저 혈마체란 것이 멀쩡히 살아 있는 자들로 만들었다는 겁니까?"

그는 분노 어린 눈을 한 채 유만필을 쏘아보았다.

죽은 자도 아닌 산 자를 강시로 만들다니, 분노와 더불어 살심이 솟구쳐 올랐다.

"잘 알고 있구나! 네놈들이 비록 강하다고 해도 혈마체들을 당해낼 수 있으리라고는 믿지 않는다! 크흐흐흐……."

유만필은 진득한 웃음을 터뜨리더니 휘익 기이한 휘파람을 불기 시작했다.

그러자 다섯 구의 혈마체가 두 눈에서 짙은 혈광을 뿜어내더니 곧장 이적산과 백리휴를 향해 달려드는 것이었다.

백리휴는 지체 없이 달려드는 다섯 구의 혈마체를 향해 검을 빠르게 베어갔다.

가가가각!

무심도법 중 베기인 무심절이 그들의 전신을 후려치자 둔중한 쇳덩이를 벤 듯한 둔탁한 소음이 터져 나왔다.

다섯 구의 혈마체들은 그 충격에 주춤거리며 뒤로 몇 발자국 밀려났을 뿐, 재차 괴성과 함께 양 팔을 휘두르며 백리휴에게 공격을 퍼부었다.

크아아악!

팟츠츠츠츳…….

그들의 휘두르는 두 팔에선 바람 가르는 소리가 터져 나왔다.

그것은 마치 열 개의 쇠몽둥이를 무지막지하게 휘두르는 것 같았는데, 스치기라도 했다간 양 손톱 끝에 박혀 있는 날카로운 손톱에 의해 갈가리 찢겨질 듯했다.

"여기도 있다."

어느 틈엔가 이적산이 그들 앞으로 바짝 다가선 채 쌍장을 날렸다.

퍼엉! 펑!

그가 날린 장력에 격중된 다섯 구의 혈마체의 몸에서 북 터지는 소리가 터져 나왔다.

본래 이적산이 펼치는 장공은 매우 음유한 가운데 위력이 절대적일 정도로 파괴력이 강한 것이 특징이었다.

그럼에도 불구하고 혈마체들은 전혀 타격을 입지 않은 모습이었다.

유만필이 커다란 웃음을 날렸다.

"크하하하하……. 비록 제대로 완성체가 아니긴 하나 혈마체가 어찌 네놈들 따위에게 무너질 수 있단 말이냐? 뭣들하고 있느냐? 이번에 저놈들을 완전히 쓸어버려라!"

마지막 말은 스무 명쯤 남은 수하들에게 한 것이었다.

수하들은 일제히 검을 꼬나 쥔 채 두 사람을 향해 찔러갔다.

동시에 다섯 구의 혈마체 역시 노호와 같은 기세로 덮쳐가는 것이었는데, 이적산과 백리휴는 방심하지 못하고 공력을 끌어올린 채 장공과 검을 펼쳐냈다.

쾅! 쿠왕!

쐐애애액!

장력에 의해 달려들던 혈마체들을 튕겨내자 백리휴의 검이 허공을 가르며 뒤를 따라 덮쳐들던 스무 명의 몸을 갈랐다.

"으아아악……."

"커억……."

처절한 단말마와 함께 다섯 명의 수급이 허공으로 튀어 올랐다.

만약 혈마체들이 없었다면 다섯 명이 아니라 스무 명 전체가 죽었을 일이었다.

크워워워…….

혈마체들은 야수의 울부짖음과 같은 괴성을 터뜨리며 곧장 백리휴에게로 달려들며 양손을 맹렬히 휘둘렀다.

츠와아아악…….

깡! 까장! 땅!

날카로운 금속성이 연달아 터져 나왔다.

백리휴의 검과 혈마체들의 강철 같은 손톱이 충돌하면서 새파란 불꽃이 연달아 튀어 올랐다.

그의 검은 번개같이 움직이며 혈마체의 몸을 종횡으로 그었다.

설혹 무쇠덩어리라고 해도 반으로 갈라질 정도의 위력이 담긴 검이었다.

그러나 혈마체들의 몸은 멀쩡했고, 오히려 흉성이 폭발한 듯 두 눈에서 혈광을 뿜어내며 더욱 맹렬한 공세를 펼쳤다.

그에 보조를 맞추듯 나머지 수하들 역시 빈틈을 노리며 검을 찔러왔다.

'이대로는 안 되겠군.'

백리휴는 이를 악문 채 뒤로 물러서며 나직이 물러섰다.

"장주님, 잠시 뒤로 물러나 주십시오."

"알았네."

이적산은 그의 느닷없는 요구에 의아했으나 이내 뒤로 물러섰다.

백리휴는 재빨리 앞으로 나서며 좌수를 품속에 넣었다가 빼며 앞으로 쭉 뻗었다.

"수라망!"

화아아악…….

외침과 더불어 그의 좌수에서 번져 오르는 눈부신 섬광.

그것은 흡사 그의 손끝에서부터 번개가 치는 듯했는데 뒤이어 귀청이 떨어질 듯한 굉음을 터뜨리며 빛이 탄환처럼 앞으로 쏘아져 날아갔다.

크와아아앙…….

사방을 휘몰아치는 눈부심 섬광.

"크아아악……."

"으아악……."

"커어억……."

순식간에 처절한 단말마가 장내에 울려 퍼졌다.

이윽고 빛은 사라졌다.

어느 틈엔가 앞으로 내뻗고 있는 백리휴의 좌수에는 손바닥만 한 크기의 둥근 철륜이 잡혀 있었다.

수라무인륜.

고금오대암기 중의 하나인 수라무인륜. 백리휴는 수라무인륜을 경천수라윤법 중 제일초인 수라망을 펼쳐낸 것이었고, 그 결과가 지금 눈앞에 펼쳐져 있었다.

다섯 구의 혈마체.

그것들은 상체와 하체가 분리된 채 바닥에 나뒹굴고 있었다.

비록 그것이 강시에 가까운 존재이기는 하나 허리가 분리된 터라 더 이상 살아서 움직일 수 없게 되었다.

또한 스무 명 정도 되었던 무인들 역시 수라무인륜에 의해 격중된 채 전신이 피떡이 되어 바닥에 흩어져 있었다.

갈가리 찢겨져 피떡이 되다시피 한 시체들.

"허억! 마… 말도 안 돼……."

유만필은 두 눈을 부릅뜬 채 서 있었다.

그것은 경악과 불신의 빛이었다.

퍽! 퍼퍽!

갑자기 그의 몸이 폭발하듯 곳곳에서 피분수가 뿜어져 나온 것은 그 다음 순간에 벌어진 일. 그의 몸이 순식간에 수십 개의 조각으로 잘라지더니 이내 후두둑 바닥으로 떨어져 내리는 것이었다.

이미 수라무인륜에 의해 난자당한 유만필이었다.

그런 그가 나중에 몸이 조각난 것은 그만큼 수라무인륜의 움직임이 불가사의할 정도로 빠르다는 의미였고, 또한 그가 맨 뒤에 있어서였기 때문이었다.

장내는 비릿한 혈향만이 가득했다.

"이것이 수라무인륜의 위력인가? 과연 고금오대암기 중에 들어갈 만한 위력이로군."

잠시 후, 이적산이 신음 같은 중얼거림을 내뱉었다.

수라무인륜의 위력에 놀라고 만 것이었다.

백리휴 역시 충격으로 굳은 얼굴을 하고 있었다.

"결코 사용해서는 안 될 암기로군요."

그가 수라무인륜을 사용한 건 처음이 아니다.

청운장의 지하에서 처음 수라무인륜을 펼쳤는데, 사십 명에 당했던 실혼마인들이 그로 인해 완전히 파괴되고야 말았다.

다만 그때 그는 갑자기 발동한 혼원이령대법으로 인해 제정신이 아니었기에 그 충격을 느끼지 못했던 것뿐이었다.

"단 일격이건만… 모두가 죽다니……."

백리휴는 충격 어린 눈을 한 채 장내를 둘러보았다.

완전 초토화되다시피 한 현장을 바라보면서 절레절레 고개를 흔들었다.

"그나저나 저자는 살려두었어야 그 배후를 알 수 있었을 텐데 제가 실수한 것 같습니다."

"아닐세. 이미 배후는 확인된 것이나 마찬가지일세."

이적산의 말은 실로 뜻밖이었다.

백리휴는 영문 모르겠다는 얼굴을 했다.

"하면 이들을 사주한 자를 알고 계시다는 말씀이십니까?"

"아까도 말했지만 그간의 일을 살펴보면 누가 이들을 고용했는지는 분명한 일이지."

"그렇다면 해남검파에서 그랬다는 생각이시군요."

"꼭 그들이라고는 할 수 없겠지만 관여는 되었을 걸세. 아무튼 여기 일이 처리되었으니 그만 가도록 하세. 목적지까지는 서둘러야 하니까."

"알겠습니다."

두 사람은 이내 유가장을 떴다.

그들이 사라지고 나자 짙은 혈향만이 때맞춰 불어온 바람을 타고 사방으로 퍼져갔다.

* * *

서늘한 바람이 불어오자 푸른 나뭇잎들은 가볍게 몸을 떨며 사삭거리는 소리를 냈다.

그때마다 이를 모를 산새들이 비릿빗빗 울어댔는데, 한 대의 마차가 덜컹거리며 좁은 산길을 따라 들어오자 이내 울음을 멈추었다.

"사실 해남검파와 태평장은 충돌할 수밖에 없지. 왜인지 아는가?"

마차 위에 타고 있던 이적산은 양손을 옷소매 속에다 넣은 채 옆에 앉아 있는 백리휴에게로 시선을 돌렸다.

백리휴는 고개를 저었다.

"모르겠습니다."

"사실 해남검파가 세력을 벌이는데 있어 무엇보다 필요한 것이 자금이라고 할 수 있네. 본래 강호의 문파들이 돈을 버는 길은 세력권 내의 각종 상단과 영업장을 보호하고 그곳으로부터 일정한 돈을 받는 것이지."

그의 말대로였다.

강호의 문파들이 자신들의 세력권을 확장하려는 이유는 그곳에 있는 상단과 각종 기루며 주루 등으로부터 일정한 돈을 거둬들여 수입을 벌어들이기 때문이었다.

물론 구파일방과 같은 거대문파라면 단순히 보호비만을 벌어들이는 것이 아니라 속가제자를 내세워 표국이나 상단까지 운영하여 부를 축적하기도 한다.

"문파란 건 거의 황금을 물처럼 쓸 수밖에 없네. 문파에 속한 무인들이 생산적인 일을 하는 것은 아니니까. 그에 반해 소비는 실로 엄청나지."

"하긴 그렇겠군요."

"해남검파도 마찬가지일세. 그들이 광동 전체로 세력을 넓

히기 위해 힘을 쓰고 있다는 건 다시 말해 많은 양의 황금을 퍼붓고 있다는 말……. 그것은 결국 해남검파가 돈을 벌어야 한다는 뜻이고, 광동 최고의 다상인 나와 충돌할 수밖에는 없지."

"그들이 차를 거래하려고 하신다는 말씀이시군요."

차는 같은 무게의 황금으로 계산될 정도의 고가의 상품이다.

다상은 그 어떤 상인들보다 황금을 많이 보유하고 있다.

그것은 다시 말해 다상이 된다는 것은 단순히 차를 판다는 사실보다는 그로 인해 엄청나게 많은 양의 황금을 벌어들인다는 걸 의미했다.

이적산은 혀를 끌끌 찼다.

"해남검파가 세력을 확산한다는 것은 결국 돈을 벌어야 한다는 것을 의미하지. 그러니까 가장 크게 돈을 벌 수 있는 차를 외면할 리는 없네."

그제서야 백리휴는 고개를 끄덕였다.

"그러한 이유 때문이라도 해남검파에서는 장주님을 비롯한 태평장을 제거하려고 했겠습니다."

"대충은 그런 셈이지."

어느 틈엔가 그들이 타고 있던 마차는 숲 속의 공터로 접어들고 있었다. 공터엔 오가는 행인들을 위한 노점상들이 있었는데, 이적산은 말고삐를 잡아당겨 국수를 파는 노점 앞에서 마차를 멈춰 세웠다.

"배가 출출하군. 일단 요기부터 하세나."

그는 마차에서 내려 국수를 파는 노점 앞에 놓인 기다란 나무 의자에 앉았다.

백리휴는 그 옆에 앉으며 노점 주인에게로 입을 열었다.

"여기선 무슨 국수가 됩니까?"

국수노점의 주인은 마흔 살가량 되어 보이는 황의장한이었는데, 그는 커다란 솥에 국물을 우려내며 말했다.

"원하시는 게 있으면 말씀해 주십시오. 이부면이나 단단면, 열간면이라도 손님들이 원하시면 다 만들어 드립니다. 하지만 소인이 자신 있어 하는 건 신선면이죠."

"신선면? 처음 듣는 국수로군요."

"하하… 자랑은 아닙니다만 이제껏 여기를 찾아온 손님들은 제가 만든 신선면을 먹고 난 뒤 모두 만족해 하셨습니다."

"그럼 그 신선면이란 걸 두 그릇 주게나."

"예. 잠시만 기다려 주십시오."

주문을 한 건 이적산이었다.

그는 옆에 앉은 백리휴를 보며 씩 웃어 보였다.

"처음 듣는 국수로군. 신선면이라니… 하지만 큰 기대는 하지 않네. 본래 거리에서 파는 음식들이란 대부분 허풍이 심하니까."

백리휴가 빙그레 미소 지었다.

“그래도 국수 이름이 신선면이라고 하는 걸 보면 어느 정도는 맛에 자신이 있는 것이겠지요.”

“허허… 아마 주인이 자신 있어 하는 건 여기를 오가는 행인이 생각보다 적지 않다는 거겠지. 그리고 이 부근에 달리 이곳을 제외하고는 먹을 만한 곳이 없다는 것도 있고… 시장이 반찬이라고 했으니 배고프면 그저 국수를 간장에 비벼만 내놔도 맛있는 법일세.”

“그건 손님의 기우에 지나지 않으실 겁니다.”

어느 틈엔가 황의장한은 국수를 다 만들었는지 투박해 보이는 커다란 그릇에 담긴 국수를 그들 앞으로 내려 놓았다.

맑은 국물 위로 정경채를 비롯한 여러 가지 채소들이 국수 위에 올라가 있어 보기에도 그렇지만 제법 냄새도 그럴싸했다.

“호오, 이게 신선면이라는 건가?”

이적산은 앞에 놓인 국수를 보며 흥미롭다는 눈빛을 했다.

“내가 평생 동안 여러 가지 국수를 먹었네만 지금 자네가 만든 신선면은 처음이로군.”

황의장한은 목에 힘주어 말했다.

“오늘 처음 제가 만든 신선면을 먹게 되면 다음부터는 일이 없어도 자주 찾게 되실 겁니다.”

‘대단한 자신감이로군.’

백리휴는 내심 허풍에 가까운 그의 말에 가볍게 미소 지었다.

그는 젓가락을 들어 면을 먹기 시작했는데, 돌연 그는 씹고 있던 면을 퉤하고 바닥에 뱉어버리는 것이었다.

그리고는 옆에 있던 이적산에게 황급히 소리쳤다.

"드시지 마십시요!"

"무슨 일인가?"

이적산은 황급히 입에 넣고 있던 국수를 뱉어내며 황급히 물었다.

황의장한은 놀란듯 그를 바라보았다.

"왜 그러십니까? 손님, 혹시 돌이라도 씹으신 겁니까?"

백리휴는 눈썹을 찌푸린 채 면을 젓가락으로 헤집더니 그 속에서 검붉은 고기 조각 하나를 건져 올렸다.

"이 고기 조각이 당신이 만든 신선면의 고명으로 쓰이는 모양이로군."

황의장한은 멈칫거렸으나 이내 고개를 끄덕였다.

"그렇습니다. 그건 돼지 간인데 왜 그러시는 겁니까?"

"이게 돼지 간이라고? 언제부터 반산두(飯?頭)가 돼지로 변했는지 모르겠군."

그의 말을 들은 이적산의 얼굴이 굳어졌다.

"반산두라고……?"

"그렇습니다. 그것도 틀림없는 사왕(蛇王:코브라)의 간입니다."

본래 반산두란 땅 위를 기어 다니는 모든 뱀들을 통칭하는데, 사왕은 반산두들 중에서도 최고라 일컬어진다. 그것은 사왕이 다른 독사들을 잡아먹기 때문이었다.

사실 독사의 간이란 약으로 쓰일 정도로 뛰어난 약재이기도 했으나 식재료로 사용하기에는 지나치게 독성이 강했다.

그렇기에 일반적으로 음식재료는 사용하지 않는 것으로 되어 있었다.

백리휴는 다소 차가워진 눈빛으로 황의장한을 주시했다.

"당신은 반산두의 간을 국수 고명으로 사용하다니 아무래도 다른 의도가 있는 것 같군."

뜻밖에도 황의장한은 고개를 끄덕였다.

"다른 의도는 없습니다. 애초부터 당신들의 목숨을 노렸던 것이니까."

"……?"

"……!"

이적산과 백리휴의 얼굴이 차갑게 경직되었다.

그런 그들을 보며 황의장한은 입가에 비릿한 미소를 떠올렸다.

"반산두의 간이 독성을 가지고 있기는 하나 일반인에게는 약간 어지러울 정도에 지나지 않습니다. 다만 그것을 먹은 자가 무인이라면 조금은 예외라고 할 수 있습니다. 균형감을 없애주니까. 적을 상대하는 입장이라면 치명적이죠."

그의 말을 듣던 백리휴는 눈썹을 찌푸렸다.

"알 수 없군. 우리는 이제껏 당신을 본적도 없소."

"난 이제껏 수많은 자들을 죽여 왔지만 그들 역시 나와는 단 한 번도 일면식이 없었습니다."

파앗!

마지막 말이 끝나는 순간 갑자기 황의장한의 우수가 백리휴에게로 날아갔는데, 어느 틈엔가 그의 손에 쥐어진 식도가 곧장 백리휴의 가슴을 그어갔다.

동시에 그의 좌수는 곧장 이적산을 향해 뻗어가며 눈부신 섬광을 토해냈다.

츳파파파팟!

이적산을 향해 퍼붓듯 날아가는 우모침들.

실로 눈으로 보고도 믿기지 않을 만큼의 쾌속절륜한 암습이었다.

"살수로군."

백리휴는 나직이 중얼거리며 우수 손가락을 꼿꼿이 세운 채 잡아당기는 시늉을 했다.

땅!

그러자 전광석화처럼 날아들던 식도가 그의 손과 충돌하면서 튕겨지는 것이었다.

이는 철수인(鐵手引)으로 상대가 날린 암기를 손으로 튕겨내거나 잡아들이기 위한 당가의 무공 중 하나였다.

거의 같은 순간 이적산에게로 날아들던 우모침들은 그의 몸 한치 앞에 이르러선 멈칫거리는가 싶더니 되려 투투투퉁 튕겨져 나가는 것이었다. 이적산이 일으킨 호신강기에 의한 것이었다.

이와 같은 일련의 상황들은 눈 깜박할 사이에 일어난 것이었다.

주위에 있던 십여 명의 노점상들은 기겁을 한 채 소리쳤다.

"허억! 싸움이다……."

"강호인들이다!"

이때 황의장한은 백리휴 앞으로 바짝 달라붙으며 수중의 식도를 찔러가며 날카롭게 소리쳤다.

"아직 끝나지 않았다."

군더더기 하나 없는 빠른 동작.

수익!

백리휴의 허리춤에서부터 한줄기 검광이 일며 상대가 찔러 들어온 식도를 막아냈다.

깡!

그의 검은 살아있는 생명체처럼 휘리릭 뻗어가며 짓쳐오는 황의장한의 식도를 이리저리 튕겨내더니 곧장 그의 손목을 베어갔다.

스팍…….

"으악……."

황의장한의 입에서 처절한 비명이 터져 나왔다.

어느 틈엔가 식도를 잡고 있던 그의 오른쪽 손목이 백리휴의 검에 의해 잘려져 나가 바닥에 떨어지고야 말았다.

백리휴는 그때를 놓치지 않고 번개같이 그에게로 바짝 다가가 그의 혈도를 제압하려고 했다.

"어림없다."

황의장한은 그를 향해 입을 쩍 벌렸다.

그 순간 섬광들이 뿜어져 나오며 백리휴를 향해 쏘아져 나가는 것이 아닌가.

파파파팟…….

실로 전혀 생각지도 못한 암습.

상대가 설혹 신이라고 해도 당할 수밖에 없어 보였다.

"위험하네."

옆에서 지켜보고 이적산이 다급히 소리쳤다.

후와…….

백리휴의 몸 위로 검은 묵운이 폭발한 화탄의 섬광처럼 번져 오른 것은 바로 그때였다.

수라마혼력.

당천효가 펼쳤었던 혼원이령대법으로 인해 자연스럽게 얻게 된 금단의 마공이 위험한 순간에 자연스럽게 뿜어져 나온 것이었다.

묵광과 충돌한 암기들은 그대로 녹아내리고 마는 것이었다.

동시에 백리휴의 백문검이 유성처럼 날아들며 그의 가슴을 베어갔다.

수와악…….

막 그의 검이 황의장한의 가슴 위로 작렬하려는 순간.

화악…….

갑자기 황의장한의 가슴에서 눈이 시릴 정도의 짙은 묵광이 터져 나왔다.

백리휴의 검을 막고 있는 것은 어른 손가락만 한 굵기의 쇠사슬이었다. 은은한 묵빛을 띠고 있는 쇠사슬의 끝에 마름모꼴의 추가 매달려 있었는데, 추는 마치 허공에서 또아리를 튼 독사의 머리처럼 그를 노려보고 있었다.

황의장한은 쇠사슬 끝을 우수에 잡은 채 백리휴를 보며 이를 드러낸 채 웃어 보였다.

"지난 이십 년 동안 나로 하여금 혈염추를 들어내게 한 자는 네가 처음이다."

이제까지 공손한 어투와는 다른 반말.

쩌르르릉…….

허공에 떠있던 쇠사슬이 독사의 머리처럼 꼿꼿이 세워졌다.

"그 대가로 네놈을 최대한 고통스럽게 죽여주지. 아참, 그 전에 내 이름이 인사(人死)임을 기억해 두거라!"

황의장한 인사는 가볍게 손을 흔들었다.

촤르륵…….

그러자 허공에 세워져 있던 쇠사슬이 빠른 속도로 백리휴에게로 날아가는 것이었다.

백리휴는 지체하지 않고 백문검을 빠르게 휘둘렀다.

깡!

쇠사슬이 그의 검에 격중되고선 주춤 허공으로 튀어 올라갔다. 그러나 그것은 일순간의 변화일 뿐 조금 전보다 몇 십 배는 빠른 속도로 백리휴를 향해 내려꽂히는 것이었다.

놀랍게도 그것은 하나가 아니었다.

추영은 희뿌연 잔영을 그려내는가 싶더니 눈 깜박할 사이에 십여 개의 그림자로 쪼개지더니 일제히 백리휴의 전신으로 내려꽂히는 것이었다. 가히 우박세례나 다름없었다.

'아무리 많아도 진짜는 하나일 뿐…….'

백리휴는 날아오는 추영들을 바라보면서 두 눈을 날카롭게 빛냈다.

그림자는 그림자일 뿐이다. 실체가 아닌 이상 아무리 몸에 맞아도 상처 하나 생가지 않는다는 것이었다.

'게다가 내 눈에 정확히 실체가 보이니까.'

백리휴는 서슴지 않고 허공에서 내리꽂히는 추영들 중 하나만 노려 검을 찔러갔다.

찌르기인 무심찰이었다.

퍽!

그의 검이 추영을 막았다는 생각이 검끝을 통해 전해졌다.
그는 쉬지 않고 신형을 움직여 인사 눈앞까지 바짝 다가서며 그대로 검을 찔러갔다. 다시 한 번 무심찰이 펼쳐진 것이었다.
"헛!"
인사는 기겁을 한 채 황급히 신형을 뒤로 뺐다.
설마하니 상대가 자신의 절기나 다름없는 혈염만영를 막아냈을 뿐만 아니라 달려들어 공격을 펼칠 거라고는 미처 생각하지 못했던 것이다.
더 이상 생각할 여력이 없었다.
이미 상대의 검은 자신의 눈을 향해 쏘아져 날아오고 있었다.
"빌어먹을……."
그는 다급히 외치며 바닥으로 몸을 날렸다.
바닥을 연거푸 세 바퀴 구른 뒤에야 자리에서 벌떡 일어선 그의 얼굴을 붉게 달아올라 있었다.
무인이라면 생각하는 것조차 수치스러워한다는 나려타곤을 펼쳤다는 사실이 그를 분노케 한 것이었다.
"이제부터 네놈에게 인형의 무서움을 알려주겠다. 공격하라!"
그의 말이 떨어진 순간, 사방에서 머리를 바닥에 박고 두려움에 떨고 있던 노점상들이 벼락처럼 신형을 날리며 백리휴와 이적산을 덮쳐가는 것이었다.

"꺼져라!"

이적산은 호통치듯 외치며 쌍장을 날렸다.

펑! 퍼펑!

노도와 같은 장력이 날아들던 사람들을 그대로 후려쳤다. 그 충격에 의해 몇몇 인간들이 바닥에 추락하더니 전신이 산산조각 나 버리는 것이었다.

놀랍게도 이제껏 인간이라고 생각했던 자들이 나무로 만든 목각인형들이었던 것이었다.

"목각인형? 그렇다면 네놈은 바로 인형교주로구나! 십삼사 중의 한 명인 인형교주……."

이적산은 아연한 음성으로 소리쳤다.

인형교주란 십삼사 중의 일인!

사실 그는 이제껏 단 한번의 실패조차 없었던 완벽한 살인을 보여준 살수였다.

달리 인사라고도 부르는 그는 오래전에 이 땅에서 사라진 배교의 편벽사이한 사술을 이은 자로 목각인형들을 수족처럼 부려 살인을 한다고 하여 인형교주라고는 다소 기이한 이름을 얻고 있었다.

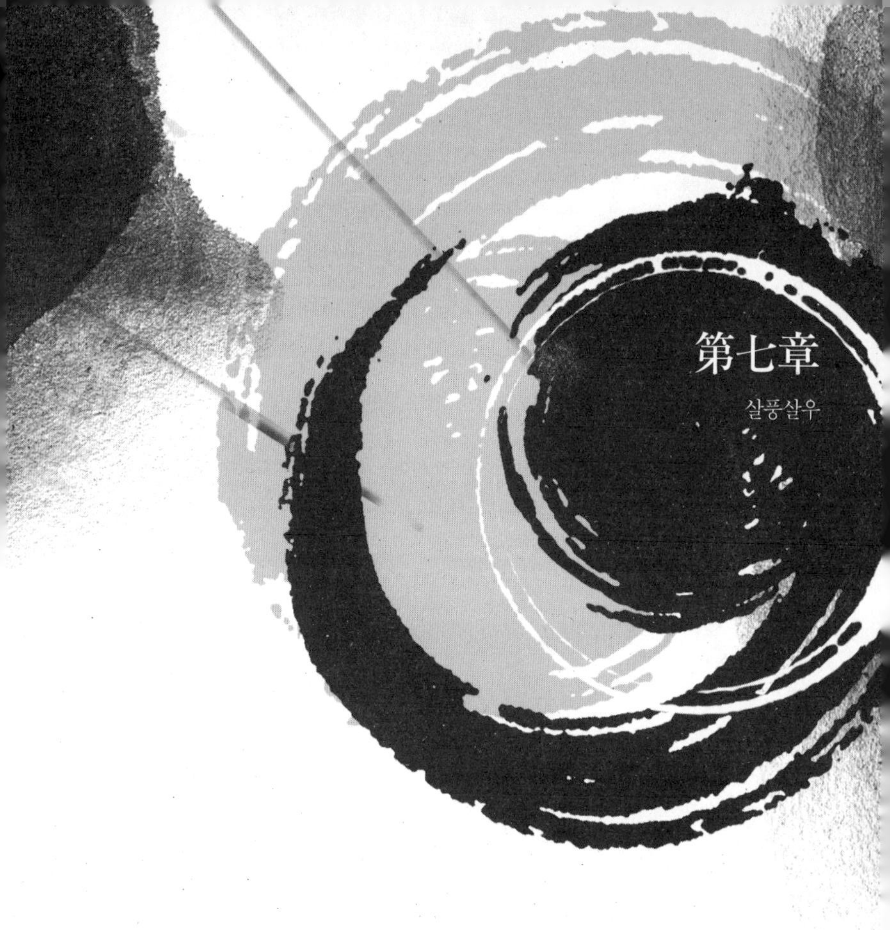

第七章

살풍살우

면왕 백리휴

"그렇다! 나를 아는 것을 보니 내가 얼마나 무서운 존재인지도 알겠구나!"

인사는 두 팔을 활짝 펼쳤다.

그러자 목각인형들이 일제히 이적산을 향해 벌떼처럼 날아드는 것이었다. 그들의 손에는 각기 다른 병기들이 쥐어져 있었고, 그 병기들은 불을 뿜듯이 이적산을 전신을 노리며 날아갔다.

파파파팍!

스치기만 해도 그대로 전신이 갈가리 찢어져 나갈 듯한 흉험한 기세.

후우욱…….

"꺼져라!"

이적산은 황급히 호신강기를 끌어올리며 쌍장을 비쾌하게 휘둘렀다.

펑! 퍼퍼펑!

장영들이 뿜어져 나오며 자신의 몸 위로 쏟아지는 병기 세례를 가격했다.

병기들은 그가 뿜어낸 장강에 의해 사방에 튕겨져 나갔으나 목각인형들이 재빠르게 그것들을 회수하여 재차 공격을 퍼부어 갔다.

비록 이적산의 무공이 높다고는 하나 그는 혼자. 단숨에 목각인형들을 물리치기는 쉽지 않아 보였다. 더군다나 목각인형들은 말 그대로 인형일 뿐, 살아 있는 인간이 아니었다.

"일단 네놈부터 처치해 주마!"

인사는 백리휴를 노려보며 두 눈에 섬뜩한 광망을 뿜어냈다.

백리휴는 여전히 담담한 얼굴을 했다.

"마음대로 되지 않을 것이오."

"흐흐……. 과연 그럴까?"

말과 함께 가볍게 손을 휘젓는 인사였다.

그러자 두 개의 목각인형이 유령처럼 백리휴 앞으로 스윽 나타나는 것이었다. 그들의 손에는 기다란 창들이 쥐어져 있었는데, 그것들은 순식간에 백리휴의 전신요혈을 찔러왔다.

슈파악…….

가히 빗살 같은 빠름이었다.

백리휴는 눈에도 보이지 않을 정도의 쾌속한 창법에 놀랐지만 지체 없이 백문검을 휘둘렀다.

베기인 무심절이 펼쳐지자 순식간에 두개의 창과 충돌하며 깡깡 거리는 금속성을 터뜨렸다.

촤르르륵…….

갑자기 사방에서 요란한 소리와 함께 무엇인가가 그를 향해 쭉 뻗어오는 것이었다.

백리휴는 흠칫 놀라며 백문검으로 빠르게 쳐냈다.

툭… 투툭…….

순식간에 수십 조각으로 토막 나서 바닥으로 떨어진 것은 나무뿌리들이었다.

"나… 나무뿌리……."

백리휴는 아연실색했다.

단단히 지면 아래 박혀 있어야 할 나무뿌리가 마치 살아있는 독사처럼 자신을 공격하니 놀라지 않을 수 없었다.

그것은 바로 인사가 목령조정술(木靈調整術)을 이용했기 때문인데, 이 목령조정술은 배교의 사술 중 하나로 나무로 만들어진 것이라면 무엇이라도 자신의 뜻대로 움직일 수 있게 하는 것이었다.

인사가 인형교주라고 알려진 것은 모두 목령조정술 덕분이라고 할 수 있었다.

"어림없다."

생각은 많았으나 반응은 빨랐다. 백리휴는 지체 없이 눈앞으로 날아오는 나무뿌리들을 향해 벼락같이 검을 휘둘러 갔다.

쓰팍! 퍽!

그의 검끝에서 흘러나온 검기에 의해 날아들던 나무뿌리들이 그대로 퍽퍽 터져 나갔다.

이어 백리휴는 곧장 인사 앞으로 바짝 달라붙으며 검으로 그의 머리를 찍어갔다.

"헉……."

인사는 화들짝 놀라며 황급히 신형을 뒤로 날렸다. 그러면서 양손을 빠르게 휘둘렀다.

"죽어라!"

인사는 양 팔을 교묘하게 움직였다. 그러자 주위에 있던 나무들이 서 있던 바닥이 들썩거리면서 그곳으로부터 나무뿌리들이 창날처럼 쏘아져 날아가는 것이었다.

츠파파파팍…….

가히 탄환 같은 위력이었다.

피하고 말고 할 틈도 없이 나무뿌리들은 백리휴의 전신에 틀어박히며 허공으로 피보라를 뿌렸다.

"크윽……."

백리휴의 신형이 크게 흔들렸다.

눈 한 번 깜박할 순간에 그의 몸은 피투성이가 되었다.

'이대로 있다간 당하고 만다…….'

백리휴는 내심 이를 악물며 황급히 신형을 옆으로 날리려고 했다.

"크윽……."

그러나 그는 고통스런 신음을 흘리며 엉거주춤한 동작을 취한 채 그 자리에 서 있을 수밖에 없었다.

어느 틈엔가 나무뿌리 하나가 그의 발등을 꿰뚫고는 바닥에 틀어박혀 있었기 때문이었다.

나무뿌리에 의해 발이 관통당한 것은 눈 한 번 깜박할 사이에 일어난 찰나였고, 그가 몸을 멈칫거리는 것은 그보다 더 짧은 순간에 지나지 않았다.

"이제 끝낼 때가 되었다."

그 찰나를 놓치지 않고 인사는 음침한 음성을 터뜨리더니 양손을 가볍게 흔들었다. 그러자 인형들 두 구가 소리 없이 움직이며 백리휴 앞으로 날아가는 것이었다. 그들은 일제히 열 손가락을 갈코리처럼 세운 채 백리휴의 심장을 향해 박아갔다.

아차 하면 그대로 가슴이 박살 날 순간.

번쩍!

백리휴의 손에 쥐어져 있던 검에서 눈부신 섬광을 토해냈다. 검은 빛과 함께 사방으로 퍼지듯 눈 앞으로 날아가는 목각인형들의 손들을 휘감아 버렸다.

퍽… 퍼퍽…….

그 빛에 닿자마자 목각인형들은 그대로 터져 나가며 가루가 되어버렸다. 가루가 되어버린 것은 목각인형들뿐만 아니라 그의 몸을 공격하고 있던 나무뿌리들도 마찬가지였다.

파악…….

백리휴의 백문검이 빛에 휩쌓인 채 인사를 향해 쏘아져 온 것은 그 다음의 일이었다.

백리휴가 그를 향해 백문검을 던진 것이었다.

"헛……."

인사는 아연실색하며 그대로 바닥에 납작 엎드렸다.

검이 그의 머리 위를 스쳐지나간 것은 바로 그 순간이었다.

'놈에게서 검이 사라졌다! 기회!'

인사는 벌떡 몸을 일으키더니 번개같이 백리휴에게로 달려들며 우수을 쭉 뻗자, 묵빛의 쇠사슬 혈염추가 기괘하게 움직이며 백리휴의 가슴을 박살 낼 듯한 기세로 날아갔다.

좌르르륵…….

"마지막이다! 죽어라!"

혈염추가 막 백리휴의 가슴으로 파고들 순간, 백리휴의 입가로 한줄기 미소가 떠올랐다.

"죽는 건 바로 네놈이다."

"……!"

인사는 멈칫거렸다.

꽈직!

등에서부터 잘달군 인두를 지지는 듯한 화끈한 통증이 느껴진 것은 그 다음의 일이었다.

"이……이건……."

시선을 아래로 내린 그의 동공에 들어온 것은 등을 관통하여 가슴 앞까지 뚫고 나온 검끝이었다.

바로 백리휴가 조금 전에 집어던졌던 백문검이었다.

"서… 설마……."

인사는 검을 내려다보며 푸르르 떨리는 음성을 했다.

그는 '설마 어검술인가?' 라고 말하고 싶었으나 그의 생각은 더 이상 이어지지 않았다. 이미 그의 영혼이 그의 육체를 떠나고 난 뒤였으니까.

풀썩…….

그의 신형이 앞으로 꼬꾸라지고야 말았다.

그가 쓰러지자마자 이적산을 공격하고 있던 목각인형들은 쿵쿠쿵 소리를 내며 그대로 바닥으로 넘어지고야 말았다.

목령조정술에 의해 움직이던 목각인형들이었으나 인사가 죽은 이상 한낱 나무토막에 지나지 않게 된 것이었다.

'아차 했으면…….'

백리휴는 내심 안도의 한숨을 내쉬며 인사의 등에 꽂혀 있던 백문검을 뽑아들었다.

조금 전 그는 인사가 자신이 검을 날리면 피할 것이라고 예상하고 백문검을 날렸다.

그의 예측대로 검을 피한 인사는 즉각 수강을 일으켜 그에게로 달려들었다.

그러나 바로 그 순간 인사 등 뒤쪽으로 한참 날아가던 백문검이 마치 살아 있는 생명체처럼 휘익 선회하더니 다시 인사를 향해 날아왔다. 방심하고 있던 인사는 백문검에 의해 등이 꿰뚫리고야 만 것이었다.

사실 이와 같은 일은 불현듯 백리휴의 머릿속으로 매화심검론의 구결 일부가 떠올랐기 때문이었다. 혈선동에서 최후를 맞이했던 현무자가 전해주었던 매화심검론 중 이기회선(以氣回旋)이라는 말이 나오는데, 그것은 기로서 검을 움직여 방향을 돌린다는 뜻을 담고 있었다.

설명은 길었지만 이와 같은 이기회선의 구결이 떠오른 것은 그야말로 낙뢰가 대지 위로 떨어지는 순간을 백만분의 일로 나눈 듯한 찰나였고, 생각보다 더 빠르게 백리휴가 이기회선의 구결대로 백문검을 던진 것이었다.

"정말 기이한 술법을 쓰는 놈이로군."

이적산은 자신을 공격하던 목각인형들이 쓰러지자 혀를 내둘렀다.

그는 이내 백리휴에게로 다가오며 물었다.

"괜찮은가?"

"그렇습니다."

백리휴는 고개를 끄덕였다.

"이자, 살수 같던데 왜 우리를 노린 걸까요?"

"살수에게 이유가 어디 있겠나? 누군가 그들에게 우리의 목숨을 의뢰했겠지. 십삼사는 적어도 광동 내에선 최고의 살수들… 제법 많은 돈을 썼겠군."

이적산이 시선이 바닥에 쓰러져 죽어 있는 인사의 시신에게로 돌아갔다.

"이 놈은 십삼사 중 한 명인 인사라고 하지. 달리 인형교주라고도 하는데 그 이유는 조금 전에 본 그대로 나무로 만든 인형을 수하처럼 부리기 때문일세."

"십삼사라고 했으니 열세 명이란 말씀이로군요."

"한 놈이 죽었으니 이젠 열두 명일세. 그러니 앞으론 열두 명의 살수가 우릴 죽이려 할 걸세."

"한동안은 피곤하겠습니다."

"허허… 일단 여기를 뜨도록 하세."

그들은 서둘러 마차에 올라 그 자리를 벗어났다.

두 사람이 사라진 뒤 얼마 후.

스으으읏…….

그들이 서 있었던 그 자리 위로 두 줄기 인영이 소리 없이 모습을 드러냈다.

꽃같이 아름다운 용모의 녹의중년미부와 눈처럼 깨끗한 백의유삼을 걸친 청수한 인상의 중년인.

"뜻밖에도 인사가 당했군."

"그놈은 당해도 싸. 제대로 된 무공도 아닌 목령조정술이라는 한낱 사술에 의지하는 녀석이었으니 같은 십삼사의 일원이라는 게 수치스러울 정도였다."

녹의미부는 언젠가 외진 관제묘에서 종자기를 만났던 요사였고, 그 옆에 서 있는 백의유삼 차림의 중년인은 같은 십삼사 중 한 명인 유사(儒死)였다.

비록 같은 십삼사의 일원이기는 해도 그들에게 형제의 정 같은 것은 없었다.

"하긴, 인사가 죽었으니 우리 몫이 그만큼 더 늘어나겠지."

요사는 유사의 말에 베시시 웃었다.

보고 있노라면 자신도 모르게 육욕이 들끓게 하는 지극히 교태로운 몸짓.

유사는 코웃음을 날렸다.

"요사, 너의 천욕미살기(天慾美殺氣)는 놀라운 것이지만 내겐 통하지 않는다. 그건 청부대상에게나 쓸 때 유용하겠지."

요사는 까르르 교성을 터뜨렸다.

"어머, 미안… 이게 거의 습관이 되다 보니 말이야."

"그게 습관이라면 나도 습관처럼 금사연검을 휘두를 수도 있다."

유사는 말과 함께 인사가 쓰러져 있는 바닥을 향해 우수를 가볍게 흔들었다.

그의 손끝에서 은은한 핏빛의 혈광이 번쩍이더니 이내 쓰러져 있던 인사와 목각인형들 몸 위를 스치는 것이었다.

화르르르르…….

그러자 이내 그들의 몸 위로 와락 불꽃이 일더니 순식간에 그들의 몸을 한 줌의 재로 태워버리고 마는 것이었다. 실로 엄청난 위력의 극양지공이었다.

"난 불장난은 몸으로 하는 걸 제외하곤 모두 별로야. 그럼 우리도 이만 가볼까?"

요사는 순식간에 재만 남은 주위를 둘러보더니 이내 신형을 날려 앞으로 쏘아지듯 날아갔다.

'냄새나는 계집……. 까부는 것도 얼마 남지 않았다.'

유사는 두 눈을 가늘게 뜨고는 그녀가 사라진 방향을 바라보다가 이내 훌쩍 신형을 날려 그녀의 뒤를 쫓아갔다.

휘잉…….

한줄기 바람이 불어와 재만 남은 공터 위를 스칠 뿐이었다.

* * *

이히힝…….

마차를 끌고 가던 말이 돌연 두 발을 치켜들더니 큰 울음을 토했다.

그러더니 이내 그 자리에서 풀썩 쓰러져 죽고 마는 것이었다.

이적산과 백리휴는 흠칫 놀라며 황급히 신형을 날려 길 옆으로 내려섰다.

"독사?"

백리휴의 입에서 굳은 음성이 흘러나왔다.

쓰러져 죽은 말의 다리 사이로 몸통에 은은한 검은 빛이 감도는 독사 한 마리가 또아리를 틀고 있는 모습이 눈에 들어왔다.

이적산이 혀를 끌끌 찼다.

"묵혼사라는 놈일세. 이거 운이 좋은지 나쁜 건지 모르겠군."

"무슨 말씀이십니까?"

"묵혼사는 광동에선 최고의 독을 가진 독사라고 하지. 그만큼 저놈이 품고 있는 독은 지독한 것인데 그 독을 제대로 처리하면 가장 좋은 약으로도 사용되네. 그래서 땅꾼들에겐 묵혼사는 산삼보다 귀한 존재이고 횡재를 부르는 영물이기도 하네. 한마디로 저놈은 땅꾼들에겐 황금이나 마찬가지지."

"하지만 지금 우리들에겐 재앙 덩어리 같은데요."

"재앙은 누가 될는지 모르는 일일세."

여기까지 말한 이적산은 우측으로 고개를 돌린 채 나직이 외쳤다.

"이제 그만 모습을 드러내는 게 어떤가?"

"흐흐……. 재미없군."

음침한 괴소성과 함께 그들 앞으로 한줄기 흑영이 모습을 드러냈다.

치렁치렁한 거친 머리카락을 새끼줄로 동여맨 채 거친 묵빛의 마의를 걸치고 있는 사순가량의 중년인. 왼쪽 옆구리에 역시 검은 빛이 감도는 망태기를 두르고 있었고, 우수엔 흑죽(黑竹)으로 만든 지팡이가 쥐어져 있었다.

그를 바라보던 이적산이 무거운 신음을 토했다.

"내가 들은 소문이 맞다면 그대는 십삼사 중에서 독사를 다룬다는 사사(蛇死)이겠군."

묵빛의 마의중년인, 사사는 히죽 웃어 보였다.

"처음부터 날 잘 알고 있다니 이거 예상외로군. 그렇다, 내가 바로 사사지. 너희들을 영원히 이 세상에서 사라지게 할 분이시고……."

"해남검파인가? 아니면 그들 중 하나?"

"살수는 청부대상을 말할 순 있어도 의뢰자에 대해선 말하지 않는 게 철칙……. 나 사사가 말할 수 있는 건 그대들이 오늘 이 자리에서 죽을 수밖에 없다는 것이다."

"당신 혼자서 그게 가능할 것 같소?"

문득 백리휴가 그에게 질문을 던졌다.

사사는 여전히 음침한 웃음을 날렸다.

"크흐흐……. 나는 혼자이면서 결코 혼자만은 아니다."

말이 끝나기가 무섭게 그는 날카로운 휘파람을 불었다.

휘익!

그러자 사방에서 스르륵 스륵거리는 소리가 들리더니 수백 마리에 달하는 묵혼사들이 꿈틀거리며 기어 나오는 것이었다.

묵혼사들은 순식간에 이적산과 백리휴를 앞에 누고 붉은 혀를 날름거린 채 포위했다.

사사가 말했다.

"이 아이들이라면 세상에 다시없는 고수라고 해도 결코 살아날 수 없을 것이다."

이적산이 냉소했다.

"고작 이런 뱀들 따위로 나를 막아낼 수 있으리라고 생각한단 말인가? 가소롭구나!"

"모두들 그랬지. 묵혼사들이 펼친 사망멸절진(蛇網滅絶陣)을 보고도 말이야. 그런 다음엔 그놈들 모두는 내 아이들의 밥이 되고야 말았다."

사망멸절진은 사백마흔네 마리의 묵혼사들을 이용하여 펼치는 것으로 사사가 심혈을 기울여 만든 진법이었다.

"더 이상의 말은 문답무용……. 나의 아이들이여. 공격하라!"

사사의 입에서 예의 날카로운 휘파람 소리가 휘익 흘러나왔다.

사사사삭…….

그러자 묵혼사들이 지극히 빠른 움직임으로 두 사람들을 향해 달려드는 것이었다. 단지 바닥을 이어오는 게 아니라 일부는 풀쩍 그 자리에서 뛰어올라가 그들의 머리나 가슴을 물어오는 것이었다.

"한낱 미물들이……."

이적산은 차가운 눈빛을 한 채 날아오는 묵혼사들을 향해 일장을 날렸다.

펑!

묵혼사들은 그가 날린 장력에 격중된 채 사방으로 튕겨져 날아갔다. 그런데 놀랍게도 천근의 바위조차 가루로 만들 정도의 위력을 지닌 장력이었으나 묵혼사들의 몸은 멀쩡했다.

사사가 득의 어린 웃음을 터뜨렸다.

"크하하하하……. 이제 알겠느냐? 묵혼사들의 몸은 간장이나 막사와 같은 신검이 아니라면 결코 벨 수 없다! 이적산! 네놈의 장력이 아무리 고강하다고 해도 결코 내 아이들을 쓰러뜨리지 못할 것이다!"

"나 이적산 역시 이제껏 내 손바닥으로 뭉개버리지 못한 것이 없었다."

이적산은 즉시 양 손바닥을 태극 모양으로 겹치게 했다.

과우우우우…….

겹쳐져 있는 그의 양손에서부터 무형의 기운이 봄날의 훈풍처럼 서서히 일어나기 시작했다.

서서히라는 것은 지극히 주관적인 표현일 뿐, 실제로는 이와 같은 일련의 동작들은 눈 깜박할 사이에 일어났고, 그가 묵혼사들을 향해 양손을 쭉 뻗자 무지막지한 장력이 노도와 같은 기세로 날아갔다.

콰앙! 쾅!

장력이 스치는 곳마다 엄청난 벽력음이 터져 나왔다. 그럼에도 불구하고 묵혼사들이 이적산이 날린 장력에 격중되어 죽은 숫자는 고작 너댓 마리에 지나지 않았다.

더군다나 경악스럽게도 묵혼사들은 쏘아져 오는 장력들을 타고 이적산에게 달려들었는데, 흡사 강물을 거꾸로 타고 오르는 연어와 같은 모습이었다.

"……!"

이적산은 얼굴을 굳힌 채 좌우 손을 흔들었다.

쓰파아앙!

장력이 칼날처럼 바뀌며 날아들던 묵혼사들을 베어갔다.

챙!

이에 보조를 맞추듯 백리휴는 재빨리 백문검을 뽑아 들고는 날카로운 검기를 뿌렸다.

촷파파팟…….

검기와 장영이 순식간에 묵혼사들을 뒤덮자 붉은 핏물이 허공으로 튀어 올랐다.

동시에 수십 마리에 달하는 묵혼사들이 전신이 뭉개진 채 바닥으로 나뒹굴고야 말았다.

단단하기 이를 데 없는 비늘 덕분에 베어지는 않았으나 장력과 검기에 의해 내부가 박살 나고야 만 것이었다.

그럼에도 불구하고 묵혼사들은 서로 꼬리를 물고 그 자리에서 벌떡 몸을 일으키는 것이었다.

마치 거대한 지네가 머리를 쳐든 것과 같았는데, 입에서부터 지독하게 악취가 나는 검은 기운을 뿜어내는 것이었는데, 그것은 묵혼사들이 품고 있는 사독이었다.

취이이익…….

취이익…….

수백 마리에 달하는 묵혼사들이 사독을 뿜어내자 검은 안개처럼 두 사람을 향해 밀려왔다.

뒤에서 사사의 웃는 목소리가 들려왔다.

"크하하하……. 묵혼사들이 내뿜는 묵혼사독은 무쇠조차 한 줌의 독수로 녹일 수 있을 정도다. 네놈들의 무공이 아무리 뛰어나다고 해도 결코 막을 수 없다."

"아직 장담하기엔 이른 법!"

갑자기 백리휴의 신형이 앞으로 쏘아져 나아갔다. 그는 수중의 백문검을 종횡으로 휘둘렀다.

휘이이잉…….

그의 검끝에서 봄날의 아지랑이와 같은 바람이 일어나기 시작했는데, 그것은 순식간에 성난 광풍으로 변했다.

과우우우웅…….

검풍은 밀려오고 있던 묵혼사들의 독기들을 사방으로 흩어지게 했다.

동시에 백리휴는 백문검으로 베기인 무심절을 연속해서 펼쳤다.

퍼억! 퍽!

단단하기 이를 데 없는 비늘 탓인지 묵혼사는 갈라지기보다는 검에 의해 으깨어지며 사방으로 나뒹굴었다.

그렇게 되자 묵혼사들로 진을 이루고 있던 사망멸절진 일부가 허물어지게 되었고, 백리휴는 지체 없이 그 틈으로 신형을 날리며 뒤에 이는 이적산에게 소리쳤다.

"잠시만 버텨 주십시요!"

"걱정 말게."

이적산은 즉시 공력을 끌어올린 채 일시에 묵혼사들을 향해 장력을 쏟아냈다.

쿠콰콰쾅!

목혼사들 몸 위로 화탄 같은 위력의 장력이 떨어졌다.

"당신의 목숨은 내가 처리하도록 하겠습니다."

이때 어느 틈엔가 백리휴는 사사의 눈앞으로 날아가며 번개같이 검을 찔러가고 있었다.

찌르기인 무심찰이었다.

츳파앗!

"사망멸절진을 벗어난 건 놀랍다만 애송이에게 당할 내가 아니다!"

사사는 손에 쥐고 있던 흑죽을 번개같이 휘둘렀다.

검과 흑죽이 그대로 충돌했다.

요란한 금속성은 터져 나오지 않았다.

쉬익…….

대신 검과 충돌한 흑죽이 돌연 꿈틀대며 움직이더니 곧장 아가리를 벌리며 검을 잡고 있던 백리휴의 손을 물으려 했다.

"독사?"

일순 백리휴는 아연실색하며 황급히 뒤로 물러섰다.

자신의 검과 맞부딪힌 흑죽이 단순히 검은 대나무로 만든 지팡이가 아니라 살아 있는 뱀이었던 것이었다.

사실 사사가 쥐고 있던 지팡이는 바로 묵혼사들 중에서도 가장 독성이 지독하다는 흑질묵혼사(黑質墨魂蛇)였다.

흑질묵혼사의 독은 일반 묵혼사 백 마리가 합친 것보다 지독하기에 신조차 죽일 수 있다고 알려져 있을 뿐만 아니라 그 비늘이 단단하기가 거의 금강불괴에 가깝기에 불괴사(不壞

蛇)라고도 불리울 정도였다.

"크흐흐흐……. 놀란 모양이로군. 내 흑질묵혼사에 죽을 수 있는 것도 영광일 것이다!"

사사는 지체 없이 달려들며 흑질묵혼사를 휘둘렀다.

쓰와아악…….

순식간에 허공은 그가 휘두르는 흑질묵혼사의 그림자로 가득 찼고, 묵혼사가 내쉬는 쉭쉭거리는 소음과 함께 수백, 수천 개의 사영들이 우박처럼 백리휴의 전신으로 쏟아져 내렸다.

"결코 살아남을 수 없다……?"

흑질묵혼사를 휘두르며 광오하게 소리치던 사사의 음성이 뚝 끊겼다.

쿵!

백리휴가 우측 발을 내디디며 진각을 밟은 것은 바로 그 순간이었다.

휘우우우…….

바닥에 떨어져 있던 잔돌멩이들이 위로 튀어 오르고, 그것을 거머쥔 그의 왼손이 번개같이 앞으로 뿌려졌다.

츠파파파팟…….

암기처럼 날아가는 잔돌멩이들.

천수암왕 당천효의 사대암기수법 중 하나인 비선광이 펼쳐진 것이었다.

"이놈!"

사사는 흑질묵혼사를 맹렬한 기세로 휘두르며 코앞으로 날아온 돌멩이들을 쳐냈다.

퍽! 퍼퍽!

흑질묵혼사에 격중된 돌멩이들이 그대로 가루가 되어버렸으나 그 충격에 의해 사사의 움직임이 주춤거렸다.

그때를 놓치지 않고 백리휴의 검이 그의 몸으로 파고들며 날카로운 검기를 일으켰다.

휘잉…….

그의 검끝에서 은은한 빛무리가 어리기 시작했다.

"검기로군."

사사는 두 눈을 부릅뜬 채 황급히 흑질묵혼사를 휘둘러 검을 휘감아갔다.

사실 검기라는 것은 검을 다루는 무인이라면 어느 정도는 모두 펼칠 줄 아는 것이지만 이렇게 격전을 벌이면서 창졸지간에 검기를 펼칠 줄 아는 자는 거의 만 명 중에 한 명이 있을까말까 했다.

퍽!

검과 흑질묵혼사가 충돌했다. 처음과 달리 크지는 않지만 소음이 터져 나왔다.

흑질묵혼사는 전과 마찬가지로 검과 충돌한 순간 백리휴의 손목을 물어뜯기 위해 스륵 검신을 타고 오르려고 했으나 이번에 그렇게 할 수 없었다.

흑질묵혼사가 움직일 때마다 검신에서 솟아오른 검기가 몸통을 가르고 있었다.

파앗…….

핏물이 솟구쳐 올랐다.

"검은 살상병기……. 이것으로 해치지 못할 건 아무것도 없다."

백리휴는 차갑게 소리치며 손에 힘을 주며 백문검을 세차게 흔들었다.

검끝에서 피어오른 검기가 짙은 광채를 발하며 흑질묵혼사의 전신을 휘감았다.

그것은 검기가 아닌 검광이었다.

본래 검을 수련한 검객에게 있어 무형의 기를 응축시킨 것이 검기라면 검광은 검기를 빛으로 유형화한 것인데, 이는 검기보다 한 단계 위의 경지라고 할 수 있었다.

빛에 휩싸인 흑질묵혼사의 몸이 크게 요동쳤다.

"거… 검광……."

사사의 입에서 아연한 경악성이 터져 나왔다.

검광이라니, 그의 병기인 흑질묵혼사의 비늘이 아무리 단단하다고는 해도 만근의 바위조차 갈라버리는 검광의 위력엔 당해낼 수 없었다.

촤아악… 촤악…….

순식간에 종이가 찢어지는 날카로운 소음이 터져 나왔다.

흑질묵혼사의 몸에서부터 붉은 핏물이 촤악 솟구쳐 올랐다.

백리휴가 휘두른 검광에 격중된 흑질묵혼사의 몸이 순식간에 수십 조각난 채 바닥으로 떨어지고야 말았다.

그러나 검은 거기서 그치지 않고 곧장 사사의 몸을 향해 눈부신 빛을 토해냈다.

슈우웅…….

"안 돼!"

사사의 입에서 비명 같은 외침이 터져 나왔다. 그러나 그것이 끝이었다.

꽈직!

한줄기 빛이 그의 가슴을 관통했다.

백리휴의 백문검이 그의 심장에 틀어박힌 것이었다.

"비… 빌어먹을……."

사사의 입에서 한줄기 욕설이 터져 나왔다.

꺼져가는 촛불처럼 희미한 그의 시선이 왼쪽 어깨에 매달고 있던 검은빛의 망태기로 향했다.

"처… 처음부터 이걸 썼으면 됐는데……. 내… 실수로군……."

풀썩…….

그의 신형이 썩은 짚단처럼 앞으로 고꾸라지고야 말았다.

십삼사의 한 명인 사사답지 않은 허망한 죽음.

사실 그가 왼쪽 어깨에 메고 있던 망태기는 묵혼신망(墨魂神網)이라고 불리우는 것으로, 묵혼사의 껍질 수집장을 붙인 뒤 무두질을 하여 만든 것으로 천고에 다시없는 신병으로도 쉽게 파괴할 수 없는 보호갑이자 병기라고 할 수 있었다.

만약 처음부터 백리휴에게 흑질묵혼사가 아닌 이 묵혼신망을 사용하여 공격했다면 지금처럼 허망한 최후는 맞지 않았으리라.

"휴우……. 끝났군."

백리휴는 이마에 흐르는 땀을 닦아내며 안도의 한숨을 내쉬었다.

설명은 길었으나 사사가 나타나 묵혼사들을 이용해 공격하고, 사망멸절진을 빠져나온 그가 사사를 공격해서 죽이기까지 과정은 불과 차 한 잔을 마실 시간밖에는 흐르지 않았다.

'자칫했으면 당하는 것은 나였다.'

백리휴는 절레절레 고개를 저었다.

"설마 끝났다고 생각하는 건 아니겠지?"

돌연 그의 귓전으로 한줄기 사이한 말소리가 파고들었다.

'살수? 그러나 흔적이 느껴지지 않는다!'

백리휴는 흠칫 놀라며 황급히 그 자리에서 벗어나려고 했다.

한데 뜻밖의 일이 벌어졌다.

그림자.

그의 발아래에 있던 그림자가 갑자기 쑤욱 일어나더니 수십 개에 달하는 손이 튀어나오며 그대로 그의 몸을 잡아당기는 게 아닌가.

기문괴사.

자신의 그림자가 느닷없이 움직이며 거짓말처럼 자신의 몸을 잡아당기는 현실 앞에서 매사에 담담했던 백리휴조차도 놀라지 않을 수 없었다.

"내… 그림자가 날 잡아……?"

"은혼사령주박(隱魂邪靈呪搏)이라는 것이다."

문득 그의 몸을 잡고 있는 그림자 속에서 담담한 말소리가 들려왔다.

이어 그림자 속에서 한 가닥 흐린 기운이 앞으로 쑥 빠져나오더니 이내 백리휴 앞으로 우뚝 서는 것이었다.

백의유삼차림의 중년사내. 언뜻 본다면 평범한 문사와 같은 느낌을 주는 그는 바로 유사였다.

"너도 살수인가?"

"유사… 십삼사 중 한 명이지."

백리휴의 굳은 음성에 유사는 착 가라앉은 음성으로 말했다.

"누군가 네놈들의 머리를 거둬달라고 부탁하더군. 물론 저

쪽이 대상이고 네놈은 덤에 불과하지만……."

퍼엉!

그때 이적산 쪽에서 우렁찬 외침이 터져 나왔다.

"고작 십삼사 정도가 내 목숨을 노린다니 기가 찰 일이로구나."

어느 틈엔가 장력으로 사백 마흔 네 마리에 달하는 묵혼사들을 뭉개버린 그가 유사를 노려보며 두 눈에서 분노 어린 불길을 쏟아냈다.

"더군다나 고작 혼자서 나타나다니 십삼사가 광동 최고의 살수들이라고 하지만 오만하구나! 내 손으로 네놈의 머리를 부숴주마!"

그는 이내 유사가 있는 쪽으로 신형을 날리려 했다.

"흐흐… 네놈의 상대는 우리다!"

"이적산! 이 자리가 네놈 무덤이 될 것이다!"

파앗… 팟…….

허공 중에서 두 줄기 인영이 벼락치듯 떨어져 내렸다.

팔괘가 그려진 검은 빛의 도의(道衣)를 걸치고 있는 두 명의 도사들. 가슴에는 각기 일(日)자와 월(月)자가 새겨져 있는 그들은 매우 대조적인 모습을 하고 있었는데, 우측의 도사가 깡마르고 키가 껑충 큰 데 반해, 좌측의 도사는 짜리몽땅한 몰골을 하고 있었다.

그들은 각기 한 손에 장창들을 쥐고 있었는데, 모습을 드러내기가 무섭게 고당 장창을 뻗어 이적산의 머리와 가슴을 노려갔다.

쐐애애액…….

"기억하라. 우린 일사(日死)와 월사(月死)……."

"네놈을 염라대왕 앞으로 보내주실 분이시다!"

이적산의 눈썹이 꿈틀거렸다.

"가소로운 놈들……."

그는 양손을 앞으로 쭉 뻗었다.

쓰우우우웅…….

그의 두 손 바닥에서 은은한 섬광이 전류처럼 일어나며 사방으로 푸른 불꽃을 튕겨내는 것이었다. 그것은 순식간에 거대한 구체가 되어 앞으로 날아오던 두 명의 도사들, 일사와 월사를 향해 덮쳐갔다.

"섬전연화장(閃電連環掌)이다!"

"빌어먹을……!"

콰앙… 쾅…….

다급한 욕설에 이어 창기와 장영이 충돌하면서 엄청난 폭발을 일으켰다.

일사와 월사의 신형이 허공으로 튀어 오르더니 이내 삼 장 밖으로 내려섰다. 그들은 앞에 있는 이적산을 노려보면서 신음처럼 중얼거렸다.

"전류와 같은 기운을 내뿜는 장은 이 하늘 아래 섬전연환장뿐…….”

“이적산! 네놈의 정체가 바로 무적장왕이라니…….”

무적장왕.

절대팔왕 중의 한 명이자 장의 제왕이라고 알려진 초극고수. 천하에 알려진 것은 무적장왕이라는 이름뿐 그가 어떤 자인지 얼굴조차 알려지지 않았는데, 태평장의 장주로만 알려진 이적산이 바로 무적장왕이라니 실로 놀라운 일이 아닐 수 없었다.

이적산은 냉소했다.

“십삼사도 형편없군. 청부 대상이 어떤 존재인지도 모르고 살수행을 하다니, 그 대가로 죽여주지. 십삼사 모두를…….”

그는 천천히 우수를 치켜들었다.

치이이익…….

그의 장심에서 은은한 전류가 요동치기 시작했다.

“섬전연환장이 완전히 펼쳐지면 우리가 당한다!”

“그전에 공격해야 돼!”

일사와 월사는 부르짖듯이 외치며 수중의 장창들을 맹렬한 기세로 휘둘러갔다.

파츠츠층…….

그들의 창끝에서 독사의 붉은 혓바닥 같은 혈광이 뿜어져 나오며 곧장 이적산의 전신을 쑤셔갔다.

“가소로운 놈들…….”

이적산을 눈앞으로 파고드는 창영들을 보며 그들을 향해 각기 일장씩을 날렸다.

퍼엉! 펑!

창영은 그가 후려친 장력에 격중되어 그대로 흩어져 버렸다.

동시에 이적산은 그들을 향해 신형을 날리며 허공 위로 무수한 손 그림자를 찍어냈다.

눈 깜박할 사이에 수백 개의 장영이 유성처럼 떨어지며 일사와 월사의 몸으로 떨어져 내렸다.

일사와 월사 역시 지체하지 않고 전력을 다해 창을 휘둘러갔다.

콰앙! 쾅!

다시 한 번 폭음이 터져 나왔다.

일사와 월사는 섬전연환장의 위력에 뒤로 열 걸음을 물러섰으나 이내 창을 휘두르며 재차 이적산에게 공격을 가했다.

그들이 펼치고 있는 것은 오백 년 전 희대의 마두였던 일원신마의 독문무공이었던 일월음살창(日月陰殺槍)이었다. 눈이 현란할 정도의 화려한 변식과 더불어 창끝에서 흘러나오는 음살창기에 의해 상대는 죽을 수밖에 없는데, 더군다나 그들이 함께 펼치는 것이라 이제껏 어느 누구도 그들에게 걸려 살아난 적이 없을 정도였다.

더군다나 이적산이 펼치는 섬전연환장법은 극양의 장법,

일사와 월사가 펼치는 일월음살창은 극음지기를 포함하고 있는 터라 상극이라고 할 수 있었다.

결국 그들의 싸움은 팽팽한 상태를 유지했다.

"무적장왕이라니 놀랍군."

지켜보고 있던 유사가 무거운 어조로 중얼거리자 백리휴가 차가운 음성으로 말했다.

"그 사실에 놀라기보다는 그대가 죽어야 한다는 사실에 놀라야 할 거요."

파앗!

그의 손에 쥐어져 있던 백문검이 섬광을 토하며 불벼락치듯 날아갔다.

"헛!"

유사는 헛바람을 들이킨 채 황급히 신형을 뒤로 날렸다.

그는 백리휴를 바라보며 믿기지 않는다는 외침을 터뜨렸다.

"내가 펼친 은혼사령주박에서 벗어났단 말이냐?"

"당신의 그 은혼사령주박이란 게 제법이지만 내겐 그것을 벗어날 정도의 힘이 있소."

백리휴는 지체 없이 그에게로 다가들며 백문검을 베어갔다.

휘익…….

검끝에서 흘러나온 얇은 실 같은 검기가 유사의 전신을 옥

쬐듯이 뻗어나갔다.

사실 그가 유사의 은혼사령주박에서 벗어날 수 있었던 힘은 바로 당천효가 넘겨준 수라마혼력이었다.

은혼사령주박이란 것이 상대의 마음을 지배하여 환각을 일으켜 스스로 전신을 묶게 만드는 고도의 환술이기는 하나 근본적으로 어둠의 힘을 이용하는 수라마혼력을 능가할 수는 없었다.

"은혼사령주박에서 벗어난 건 용하다만 거기까지다!"

유사가 음산하게 소치며 눈앞으로 날아오는 검기를 향해 우수를 흔들었다.

촤륵…….

뭔가 풀어지는 소리가 나며 눈부신 금광이 뱀처럼 뻗어가며 검기와 충돌했다.

가가각…….

백문검이 허공에서 멈칫거렸다.

검은 막은 금빛 광채는 길게 늘어진 연검이었다. 그 길이가 무려 이 장은 넘어 검이라기보다는 채찍에 가까워 보였다. 더군다나 검신은 금으로 도금되어 있어 그 광채에 눈이 아플 지경이었다.

"금사연검을 뽑은 이상 네놈은 죽을 수밖에 없다."

유사는 날카롭게 외치며 연검을 쥔 손을 가볍게 흔들었다.

촤라락…….

연검이 흡사 뱀과 같은 영활한 움직임을 보이며 곧장 백리휴의 몸을 쓸어갔다.

연검은 검이긴 하나 매우 부드러운 성질을 지니고 있었다.

사실 연검을 쓰는 자를 상대하기는 매우 까다롭다.

그것은 제 마음대로 꺾이는 연검의 특성 때문이기도 한데, 더불어 연검을 다루는 무인이 그만큼 뛰어난 고수라는 의미이기도 했다.

휙!

백리휴의 신형이 곧장 허공으로 솟구쳐 올랐다.

신형을 펼쳤다기보다는 그대로 도약한 것인데, 그는 순식간에 유사 앞으로 바짝 다가들며 백문검을 종횡으로 그어갔다.

패액!

검기가 바람소리를 일으키며 유사의 전신으로 파고 들어왔다.

“허억… 검기가…….”

유사는 당황한 얼굴을 한 채 뒤로 신형을 날렸다.

아무래도 짧은 거리에서 백리휴가 검을 휘두르며 파고들자 피하는 수밖에 방법이 없었던 것이다.

그러나 백리휴는 지체 없이 그를 따라 붙으며 연속해서 검을 휘둘렀다.

슈슈슝!

파란 검기에 휩싸인 검이 눈부신 환영을 만들어내며 불가사의한 속도로 뻗어왔다.

극성에 이른 찌르기인 무심찰이었다.

피하고 말고 할 틈도 없는 절대쾌의 일검.

퍼억!

"커억……."

유사의 입에서 숨막히는 듯한 신음이 흘러나왔다.

어느 틈엔가 백리휴의 백문검이 정확히 그의 가슴에 틀어박혀 있었다.

"대… 대체 어떻게……?"

유사는 자신의 가슴에 박혀 있는 검을 보며 메마른 입술을 달싹거렸다.

상대의 검이 이미 자신의 심장을 파괴한 뒤였으나 여전히 믿기지 않는 얼굴이었다.

불신과 경악에 찬 시선으로 두 눈을 부릅뜬 그는 앞에 있는 백리휴를 보다가 그가 처억 검을 뽑아들자 그만 그 자리에서 주저앉듯 허물어지고야 말았다.

설명은 장황했으나 유사가 몸을 드러내고 다시 백리휴가 반격을 가해 그의 가슴에다가 백문검을 박아 넣을 때까지 걸린 시간은 촌각에 지나지 않을 정도였다.

'까닥했으면 당할 뻔했군.'

백리휴는 바닥에 쓰러져 죽어있는 유사의 시신을 보며 내심 무겁게 한숨을 내쉬었다.

하마터면 유사의 은혼사령주박에 걸려 죽을 뻔한 그였다.

만약 유사가 자신의 은혼사령주박을 과신하지 않고 그 즉시 살수를 펼쳤다면 그는 꼼짝없이 당할 수밖에 없었다.

'그러나 그는 자신의 은혼사령주박을 과신했다. 내게 수라마혼력을 익히고 있을 줄은 몰랐을 테니까.'

때마침 일시와 월사가 나타나 이적산을 공격하는 바람에 유산의 시선이 그리로 옮겨가게 되었고, 그것은 백리휴로 하여금 수라마혼력을 운기하여 은혼사령주박에서 벗어나게 하는 시간을 벌어주었던 것이었다.

즉 자신의 실력에 대해 과신한 것이 그가 죽은 이유였다.

第八章

살인벽

꽈앙!쾅!

그때 요란한 폭음 소리가 터져 나왔다.

이적산이 날린 섬전연환장에 의해 달려들던 일사와 월사가 피떡이 된 채 바닥으로 나뒹굴고야 만 것이었다.

"커억… 이 정도라니……."

"과… 과연 무적장왕……."

그 말을 끝으로 그들은 더 이상 움직이지 못했다.

죽고 만 것이었다.

순식간에 백리휴와 이적산에 의해 십삼사 중 세 명이 죽고 만 것이었다. 전에 인형교주라 불리운 인사까지 처치했으니 십삼사 중에서 고작 남은 것은 아홉 명밖에는 되지 않았다.

"놀랐습니다."

"뭐가 말인가?"

백리휴가 다가가며 고개를 절레절레 흔들며 말하자 이적산은 무슨 소리냐는 듯이 바라보았다.

"장주님께서 천하에 명성을 떨치고 있는 절대팔왕 중 한 명이신 무적장왕인 줄은 몰랐습니다."

"허허……. 괜한 허명일세. 난 무적장왕이라는 이름보다는 태평장 장주라는 게 더 자랑스럽다네."

여기까지 말한 그는 주위를 둘러보며 무거운 눈빛을 했다.

"아무래도 당분간은 조심해야 할 걸세. 십삼사가 우리를 노린다는 게 확인되었으니 말일세."

"정확히 말하자면 그들이 노리는 사람은 소생이 아닌 장주님일 겁니다."

"물론 그렇겠지. 하지만 십삼사놈들이 이런 거 저런 거 따져가며 나랑 같이 있는 자넬 살려둘 것 같은가?"

"어이쿠, 목숨을 부지하기 위해서도 장주님 곁에 찰싹 달라붙어 있어야겠습니다."

"그래야 할 걸세. 다행히 내가 무적장왕이니 목숨만은 부지할 수 있을 걸세."

백리휴의 장난스런 말에 이적산 역시 웃음기가 가득한 어조로 대답했다.

"좌우간 일단은 여길 벗어나세."
이적산은 묵혼사에 물려죽은 말을 보며 절레절레 고개를 흔들었다.
"말들이 죽었으니 당분간은 두 다리로 걸어 다녀야 하겠구만."
"차라리 그 편이 더 나을 것도 같습니다."
"아무튼 가세나."
이어 두 사람은 빠르게 몸을 움직여 그 자리를 벗어났다.

*　　　*　　　*

짤랑짤랑…….
산사의 처마 밑에 매달린 풍경이 바람에 흔들리며 기분 좋은 소리를 냈다.
"차맛이 그럴 듯하구나."
사각형의 다반 위에 붉은 자기로 만든 찻잔이 놓여져 있었다.
선방 안에선 맑은 눈빛을 한 노승이 차를 한 모금 마시며 고개를 끄덕였다.
"그래. 이번 일에 손해가 많았다지?"
노승 앞에 조용히 앉아 있던 녹의중년미부 요사는 붉은 입술을 지그시 깨물었다.

"벌써 형제들 다섯 명이 귀천했습니다."

"다섯 명이나……? 상대는 누구지?"

"태평장 장주인 이적산입니다. 동행하고 있는 청년이 한 명 더 있는데 그자 역시 이적산 못지않은 실력자이옵니다."

"그러니까 두 명에게 우리 형제들 다섯 명이나 희생되었다는 거로군."

노승은 혀를 끌끌 찼다.

"설혹 청부에 성공한다고 해도 이 상황이라면 우린 큰 손해나 다름없지."

요사는 노승을 바라보며 다소 긴장한 얼굴을 했다.

"죄송합니다. 설마 상대가 그 정도로 강할 줄은 몰랐습니다."

"다른 녀석들은 모두 어찌하고 있지?"

"대가의 명이 내려오기만을 기다리고 있습니다."

"한심한 녀석들……."

노승은 절레절레 고개를 흔들었다.

그럼에도 불구하고 그의 안색은 지극히 담담했고 두 눈에서 흘러나오는 눈빛은 투명할 정도로 맑았다.

요사는 내심 바짝 긴장한 얼굴을 했다.

눈앞의 노승은 비록 자비스런 얼굴을 하고 있기는 했으나 실제로는 매우 잔인한 성격의 소유자였고, 또한 그만큼 강한 무공을 지니고 있었다.

당금 천하에서 그와 비견될 수 있는 자는 극소수에 지나지 않을 정도였는데, 그랬기에 하늘마저 죽일 수 있다고 하여 천사(天死)라 불리웠다.

"대가께서 명을 내려주신다면 미천한 소매를 비롯한 형제들이 따르겠습니다."

요사의 음성을 가늘게 떨리고 있었다.

만에 하나 눈앞에 있는 천사가 화가 나서 자결하라고 한다면 그녀는 그 말에 따를 수밖에 없었다.

적어도 그녀가 아는 한 천사는 전지전능한 신이나 다름없는 존재였으니까.

"아미타불……."

천사의 입에서 낮은 불호성이 흘러나왔다.

"이미 형제들 다섯이나 잃고도 깨닫지 못했단 말인가?"

"대… 대가께서 우둔한 저희들에게 가르침을 내려주세요."

"어리석구나. 호랑이를 잡기 위해선 모두 목숨을 걸어야 할 것이다. 그 말은 꾀가 아닌 힘으로 상대해야 한다는 것……."

"하면 대가의 말씀은 정면승부로 하란 말씀이신가요?"

"노련한 호랑이는 덫에 걸리지 않는다. 그렇다면 호랑이를 사냥할 수 있는 방법은 단 한 가지밖에 없지. 바로 힘으로 제압하는 것이다. 혼자서 안 된다면 합공을 해도 좋겠지. 상대가 아무리 강하다 해도 너희들 일곱 명을 한꺼번에 꺾을 수 있는 자가 있으리라곤 난 믿지 않는다."

"정면대결이라……."

"때론 그게 가장 확실한 방법이다."

명이 내려진 이상 반드시 따라야만 한다.

그것이 이제껏 천사를 제외한 십이사들이 살아온 방법이었다.

"…대가의 말씀에 따르겠습니다."

잠시 망설이던 요사는 이내 그를 향해 머리를 숙여 보였다.

"물러가라."

"존명……."

선방 안에서 즉시 요사의 교구가 사라져 버렸다.

천사를 길게 한숨을 내쉬었다.

"지난 세월 동안 쌓아왔던 십삼사의 명성이 크게 훼손되었구나. 쯧쯧……."

그는 다시 한 번 혀를 차며 다반 위에 놓인 찻잔을 들었다.

그윽한 다향이 입 안으로 들어가자 뱃속까지 훈훈한 느낌이 들었다.

"우리 십삼사들을 난처하게 만든 자라니 한번 얼굴을 보는 것도 나쁘진 않겠지."

천사는 손에 들린 염주알을 가볍게 굴렸다.

딸가닥…….

굵은 염주알이 그의 손 안에서 이리저리 움직였다.

열어놓은 선방의 문을 통해 한줄기 시원한 바람이 들어왔다.

* * *

이심루.

깃발은 여전히 바람에 펄럭이고 있었으나 이심루로 간혹 드나들던 손님들의 발길이 끊어진 지는 제법 되었다.

그것은 이심루의 주인인 만부득이 장사를 그만두었기 때문이었다.

탁.

만부득은 텅 비어 있는 주루의 한 가운데 놓인 탁자 위에다 단단면이 담긴 그릇을 내려다 놓으며 앞을 바라보았다.

"들거라."

소운은 탁자 위에 놓인 국수를 보며 입가에 씁쓸한 미소를 떠올렸다.

"단단면이로군요."

만부득은 퉁명스런 음성을 했다.

"운이 좋은 줄 알아라. 내가 만든 단단면을 매일 맛있게 먹는 놈은 천하에 네놈밖에는 없으니까."

"아무튼 감사히 먹겠습니다."

소운은 젓가락을 들어 후룩 단단면을 먹기 시작했다.

그의 모습을 지켜보던 만부득이 불쑥 물었다.

"소수마공은 실로 놀라운 위력을 지니고 있다."

소운은 멈칫거렸으나 이내 고개를 끄덕였다.

"그렇습니다. 제가 강호에 나온 이래 소수마공을 막아낸 자는 없었으니까요."

"그러나 너는 더 이상 소수마공을 연성해서는 안 된다."

"……?"

"사실 소수마공의 놀라운 위력은 그것이 마공이기 때문에 가능한 것이다. 만약 네가 계속해서 소수마공을 연성한다면 반드시 마인이 되는 것은 자명한 일……."

"아직은… 모르겠습니다……."

소운은 어두운 얼굴을 한 채 고개를 저었다.

"비록 당천효가 죽었다고 하나 아직 당가 내엔 과거의 일과 관련된 자들이 적지 않습니다."

"비록 너 어미인 옥령과 네 부친인 소여문이 억울하게 죽었다고는 하나 그렇다고 모두를 죽인다는 건 현명하지 못한 선택이다."

만부득은 길게 한숨을 내쉬었다.

사실 소운의 모친이었던 당옥령과 그와의 관계는 깊다고 할 수 없었다. 지난날 당천효에 의해 당가가 장악 당했을 때 그가 당옥령을 보호했었고, 또한 그가 있었기에 그녀는 무사했었다고 할 수 있었다.

'하지만 옥령이가 소운의 부친인 소여문이란 녀석을 사랑하게 되면서 모든 일이 망가졌지.'

애초에 당천효는 당옥령을 가문을 위해 유명 세가로 시집보내려고 했었다.

그런데 당옥령이 일개 문사에 지나지 않던 소여문을 사랑하게 되면서 어긋나게 되었고, 더군다나 당천효가 가주 위를 차지하게 위해 형이자 당옥령의 부친이었던 당독을 살해했다는 사실을 당옥령이 알게 되자 그녀를 죽이기로 결심하게 되었는데, 먼저 이 사실을 눈치챈 당옥령이 소여문과 함께 도망치고야 말았다.

당천효의 마수를 피해 간신히 도망치게 되었으나 그 과정에서 당옥령과 소여문은 지독한 내상을 입게 되었고, 당옥령이 소운을 낳고 난 뒤 얼마 되지 않아 소여문은 죽을 수밖에 없었다.

당옥령 역시 어린 소운을 키우며 십 년을 넘게 버텨왔으나 그녀 역시 비참한 생을 마감하게 되었다.

그러나 그녀는 우연히 습득한 소수마공을 소운에게 전해주었고, 소운에게 복수를 부탁한 것이었다.

당천효가 그녀에게는 숙부이긴 했으나 그는 부친을 살해하고 남편마저 목숨을 잃게 한 불구대천의 원수나 다름없었기 때문이었다.

삐걱.

이심루의 문이 열린 것은 그때였다.

흑의중년인.

대략 오십 대 초반으로 보이는 건장한 체구의 장년인이 주루 안으로 들어오더니 곧장 만부득이 앉아있는 탁자로 다가왔다.

"당용성이라고 합니다."

흑의장년인 당용성은 만부득을 향해 정중히 허리를 굽혀 보였다.

만부득은 고개를 끄덕였다.

"그렇군. 이번에 새로운 인물이 당가의 가주가 되었다더니 그게 바로 자네였군."

"그렇습니다, 어르신……."

당용성은 당가의 가주였던 천수암왕 당천효를 대신하여 새롭게 가주가 된 자였다.

당천효와 같은 배분에 있는 인물.

그러나 이제까지 철저히 당가 내에서 외면받았던 인물이 가주가 되었다는 것은 그만큼 당가의 각오가 남다르다는 의미였다.

사실 당천효가 죽고 난 뒤 소운의 정체가 들어나면서 그동안 당천효가 저질러 왔던 각종 비리들이 들어나게 되었고, 충격을 받은 당가는 새로운 인물을 가주로 내세우게 되었던 것이었다.
또한 만부득에 대해서도 장로원에 있던 소수의 장노들이 알아보았고, 도와달라는 그들의 간청에 만부득은 소운과 당가를 화해시키기 위해 노력하고 있는 중이었다.
"자네에게 할 말이 있네."
당용성이 소운에게로 시선을 돌렸다.
소운이 차가운 얼굴을 한 채 바라보자 그는 가볍게 한숨을 내쉬며 입을 열었다.
"본래 배분상으로는 본 가주가 네겐 작은 외할아버지뻘이 되네만… 그걸 강요할 생각은 없다."
소운이 차가운 어조로 말했다.
"잘 생각하셨습니다."
"그러나 더 이상 네가 우리 당가와 척을 지지 않았으면 하는구나. 그것은 너나 우리 당가나 모두에게 전혀 도움이 되지 않으니까 말이야. 더불어 당가에서 너의 적을 살려놓겠다."
"내가 그까짓 당가에 미련이 있다고 생각하는 겁니까?"
소운은 당용성을 보며 비웃듯 말했다.
당용성은 고개를 저었다.
"나 역시 네가 우리 당가에 미련이 없다는 것은 잘 알고 있다. 하지만 그것이 잘못된 일을 바로잡는 것이라고 믿기에 난 그렇게 하고 싶구나."
"……."

"어차피 모든 일의 원흉이었던 당천효는 죽고 없다. 비록 네 손으로 해결한 것은 아니나 당사자가 사라진 지금 언제까지 당가와 원수처럼 지낼 수는 없지 않겠느냐?"

'젠장…….'

소운은 내심 거칠게 중얼거렸다.

사실 당용성의 말처럼 원수인 당천효가 죽은 이상 모든 은원은 사라졌다고 할 수 있었다.

따지고 보면 당가 역시 피해자라고 할 수 있었다.

당천효의 전횡으로 인해 무고한 자들이 얼마나 희생되었던가? 그 피해를 고스란히 떠안은 게 당가였다.

"당분간은 여길 떠나 있을 생각입니다."

소운은 중얼거리듯 말했다.

누구를 말하는 건지 불분명했으나 만부득과 당용성의 눈빛이 밝아졌다.

"일단 형님의 행방을 알아볼 생각입니다. 전 형님이 그렇게 쉽사리 죽었을 거라고는 생각되지 않습니다."

백리휴를 찾아본다는 말이었다.

만부득은 절레절레 고개를 흔들었다.

"나 역시 그 녀석이 화를 당하지 않기를 바라고는 있으나 그동안 알아본 자에 의하면 아무래도 좋은 결과를 기대하지는 못할 것 같구나."

"형님 일뿐만 아니라 제가 가봐야 할 곳도 있습니다."

이어 소운은 그 자리에서 일어서며 만부득을 향해 허리를 굽혀 인사를 햇다.

"일이 모두 끝나면 다시 이곳으로 오도록 하겠습니다."

만부득은 한숨 섞인 목소리로 말했다.

"기다리고 있으마."

"그럼……."

소운은 다시 한 번 그에게 허리를 굽혀 보인 뒤 이내 바람처럼 신형을 날려 사라져 갔다.

"안타깝습니다."

당용성은 그가 나간 문을 바라보며 무거운 음성을 했다.

"당천효와의 일이 아니었다면 우리 당가의 힘이 될 아이일 텐데……."

"그게 바로 운명이라는 것일세."

만부득은 고개를 흔들다 그를 보며 담담히 미소 지어 보였다.

"그러나 어느 정도 저 녀석의 마음도 풀린 것 같구만. 아마도 다음에 여기에 왔을 땐 당가로 초청해도 될 걸세."

"저도 그랬으면 좋겠습니다만……."

"틀림없이 그렇게 될 테니 너무 걱정할 것도 없네."

햇빛이 주루의 창문턱을 넘어 두 사람 얼굴 위로 환하게 비추었다.

*　　*　　*

화전민 마을 지나오자 숲 속에 위치한 작은 주막이 보였다.

둥근 형태로 만들어진 주막은 어찌 보면 사냥꾼들이 임시 거처로 사용되는 움막처럼 보였는데, 마을과 숲을 오가는 자들이 이용하기에 안성맞춤으로 보였다.

"다행히 식사는 저곳에서 하면 되겠구만."

"잘못했다간 쫄쫄 굶어야 할 판이었는데 잘 되었군요."

이적산의 말에 백리휴는 고개를 끄덕였다.

유사등을 해치우고 거의 하루 동안 걸어온 두 사람이었다.

혹시 나머지 십삼사들의 암습이 있을지도 모른다는 생각에 사람이 많은 곳을 피해 왔으니 조금은 피곤한 상태였다.

"괜찮은 국수라도 있으면 좋겠습니다."

백리휴가 앞장서서 걷자 이적산이 얼른 그 뒤를 따라갔다.

이어 두 사람은 주막 문을 밀고 안으로 들어갔다.

주막 안은 둥근 형태로 되어 있어서 삼십여 개에 달하는 탁자들이 사방으로 퍼져 나가듯이 놓여져 있었고, 창가 쪽과 안쪽으로는 노인을 비롯한 몇 명이 앉아 술을 마시거나 음식을 먹고 있었다.

또한 이층엔 꼬장꼬장하게 생긴 서당 훈장 차림의 노인이 홀짝거리며 홀로 술을 마시고 있었는데, 이층엔 오직 그밖에는 보이지 않았다.

백리휴와 이적산은 구석진 자리에 앉았다.
"무엇을 드릴까요?"
어느 틈엔가 두 사람 앞으로 날씬 체구의 중년미부가 다가와 있었다.
산골 마을에서 보기 힘들 정도의 아름다운 미모와 일신에 걸치고 있는 산뜻한 녹의, 어딘가 모르게 끈적거리는 눈빛을 하고 있는 중년미부는 이 주막의 주인인듯 그들을 보며 빙긋 미소 지어 보였다.
"술과 안주……. 원하시는 게 있으시면 뭐든 말만 하세요. 안 되는 거 빼놓고는 모두 다 된답니다."
"난 만두하고 술이니 한 병 가져다주시오. 참, 자네는 뭘 시킬 건가?"
"혹 국수가 됩니까?"
백리휴의 말에 중년미부는 고개를 끄덕였다.
"되긴 합니다만 달리 찾으시는 국수라도 있나요? 보다시피 여긴 산골이라 평범한 국수 외엔 달리 특별한 게 없습니다."
"괜찮으니 그거라도 주십시오."
"그럼 잠시만 기다려 주십시오."
중년미부는 담담히 인사한 뒤 이내 주방 쪽으로 들어갔다.
이적산은 백리휴를 보며 혀를 찼다.
"어허, 자네도 참 대단하구만."
"뭐가 말입니까?"

"태평장에 있을 때도 주로 국수를 먹는 것 같더니만 밖에 나와서도 국수라니 말일세."

"상노인이 내준 숙제를 풀 수 있을 것 같아서요."

백리휴는 멋쩍은 얼굴을 했다.

상노인의 숙제란 바로 이부면을 제대로 만든 것이었다.

그가 오랫동안 태평장 주위에 있는 주루나 국수 전문점에 가서 이부면을 만드는 것을 지켜보고, 때론 직접 만들어 본 것도 상노인이 말한 대로 이부면을 제대로 만들기 위해서였다.

물론 그와 같은 행동은 이부면의 진정한 맛을 찾아내기 위함인데, 그것이 바로 상노인의 숙제라고 할 수 있었다.

"상노인의 숙제라면 이부면일 텐데……. 그걸 풀었단 말인가? 상노인조차도 제대로 된 이부면을 만들기 시작한 것은 불과 십여 년 전부터일세."

이적산은 놀랍다는 듯 그를 보며 휘둥그레진 눈을 했다.

백리휴는 가볍게 고개를 저었다.

"그저 실마리를 얻은 정도입니다."

"대체 그 실마리란 게 뭔가?"

"엉뚱하다고 생각하실지는 모르겠습니다만……. 어제 사사란 자가 암습했을 때 말입니다. 제법 힘들기는 했지만 결국 사사란 자는 미끼에 불과하다는 걸 알게 되었습니다."

"그렇지. 진짜는 나중에 나타난 유사란 놈과 일사, 월사란 놈들이더군. 하마터면 위험할 뻔 했네."

"이부면도 그런 게 아닐까라는 생각이 들었습니다."

"……?"

"상노인께서는 이부면의 본래 이름이 해육회이면이라고 하시더군요. 해육회이면… 여기서 해육이란 게의 살을 이르는 말인데 그간 소생이 먹어본 이부면에선 게살은 들어가 있지 않았습니다. 그런데도 유난히 바닷내음이 강하더군요."

"하긴 이부면 중에선 유난힌 바닷내음을 풍기는 게 많기는 하지."

여기까지 말한 이적산은 고개를 갸웃거렸다.

"그러나 꼭 바닷내음만을 풍기는 이부면만 있는 것은 아닐세."

백리휴는 고개를 끄덕였다.

"물론입니다. 다만 소생은 이부면의 본래 맛이 해육회이면에 있다는 생각이 들더군요. 즉 눈으로 보여지는 이부면이 아닌 혀로 느껴지는 이부면… 아무래도 게살이 그 이부면의 화두 같다는 생각입니다."

"그러니까 상노인이 내준 숙제의 답이 게살이라는 거로군."

"그렇긴 합니다만 조금은 더 생각해 봐야 될 것 같습니다."

눈에 보이는 맛이 아닌 혀로 느껴지는 맛.

그 실마리를 얻은 것은 어제 사사의 암습을 받게 된 뒤부터

였다.

사사의 암습이 놀랍기는 했으나, 정작 위험해진 건 은혼사령주박을 펼치며 나타난 유사와 느닷없이 이적산을 공격을 월사와 일사 때문이었다.

안도의 한숨을 내쉬는 순간에 갑자기 위험에 빠지게 되자 당황할 수밖에 없었는데, 만약 유사가 자신의 은혼사령주박을 과신하지 않았다면 백리휴는 틀림없이 죽고 말았으리라.

'이부면 역시 어제의 암습과 마찬가지로 숨겨진 맛이 있다. 만약 내 생각이 맞다면…….'

그의 생각은 더 이상 이어지지 않았다.

어느 틈엔가 녹의중년미부가 두 사람이 주문했던 음식들과 술을 가지고 와서 탁자 위에 내려놓았기 때문이었다.

"그럼 맛있게 드세요."

그녀가 돌아서 가자 이적산은 술잔을 잡고는 술을 따랐다.

"일단 술맛부터 봐야겠군."

그는 이내 술을 입속으로 털어 넣었다.

"좋군. 그러나 진짜 소흥주는 아닐세."

소흥주는 황주의 일종으로 천하에서 가장 오래된 술이라는 이름을 가지고 있을 정도로 전통이 깊은 술이었다.

그러나 명성이 높고 널리 알려진 술이다 보니 그만큼 가짜가 많은 술이기도 했다.

"술은 모르겠지만 국수는 괜찮군요."

백리휴는 국수를 먹으면서 고개를 끄덕였다.

그가 먹고 있는 국수는 어디서나 흔히 볼 수 있는 간단한 탕면이었으나 제법 손맛이 있는지 나름대로 먹을 만한 국수였다.

얼마 후.

백리휴는 국수 한 그릇을 뚝딱 해치웠고, 이적산 역시 만두를 안주 삼아 소홍주 한 병을 마시고선 자리에서 일어섰다.

"허허……. 잘 먹고 가네. 그래, 얼만가?"

계산대 앞에 앉아 있던 녹의중년미부는 담담히 미소 지으며 고개를 저었다.

"돈이라니 당치 않습니다."

이적산은 어리둥절한 얼굴을 했다.

"당치 않다니 무슨 말인가? 우리가 식사를 했으니 당연히 돈을 내야 하지 않겠는가?"

"보통의 경우는 그렇지요."

"……?"

"그러나 두 분만은 예욉니다요. 여기까지 와주신 것만 해도 충분히 돈값은 했다고 생각합니다."

"무슨 말인지 모르겠군."

"그렇다면 여기가 바로 살인벽(殺人壁)이라고 한다면 이해가 될까요?"

"살인벽……."

이적산의 입에서 신음 같은 중얼거림이 흘러나왔다.

살인벽은 살수들만의 공간이다. 즉 반드시 죽여야 할 상대를 일정한 공간에 끌어들여 살수를 펼치는 죽음의 공간이라는 의미인데, 그들이 들어온 이 주막이 살인벽이라는 것은 눈앞에 있는 녹의중년미부가 살수라는 말이고, 그들이 살수대상이라는 말이 아닌가.

"정식으로 인사드리지요. 전 십삼사 중 홍일점인 요사라고 합니다."

녹의중년미부, 요사는 베시시 웃으며 두 사람을 향해 날씬한 허리를 굽혀 보였다.

파파파팟…….

그녀의 몸에서 수십 종의 암기들이 폭풍처럼 쏟아져 날아온 것은 바로 그 순간이었다.

이적산은 눈썹을 찌푸렸으나 가볍게 우수를 흔들었다. 그러자 날아들던 각종의 암기들이 보이지 않는 장벽에 가로막히기라도 한듯 허공에서 우뚝 멈추더니 이내 바닥으로 후두둑 떨어져 내렸다.

"십삼사라? 어리석은 자들이로군."

이적산은 요사를 보며 차가운 눈빛을 했다.

"이미 몇 명이나 죽고서도 달려들다니 이는 그대들이 어리석다는 증거일 터……. 또한 살수 주제에 이렇게 모습을 드러내다니 이는 만용이라고 할 수 있다. 과연 본 장주의 손에서 살아날 수 있을 것인지 모르겠구나."

요사가 여전히 미소 지은 채 말했다.

"내가 생각하기엔 당신들은 결코 살아서 이 살인벽을 빠져나가지 못할 것 같은데, 우리 내기라도 할까요?"

쐐애애애액…….

몇 마디 말을 하는 동안 그녀의 몸에서는 수십 종의 암기가 뿜어져 나왔다. 우모침부터 시작해서 귀왕인, 비황석, 연자표 등등……. 사실 이적산과 그녀와의 거리를 매우 짧았고, 발사된 암기의 속도도 불가사의할 정도로 빨랐기에 피와 살로 된 인간이라면 피할 수 없을 정도였다.

물론 이적산은 피하지 못했다.

대신 그의 몸 위로 밝은 빛이 솟구치며 막을 형성했다. 호신강기였다.

타타타탕…….

암기들은 그 호신강기에 충돌하면서 흡사 양철판 위로 떨어져 내리는 우박 같은 요란한 소리를 냈다.

"그렇다면 내기는 내가 이기겠구나!"

그는 재빨리 우수를 뻗어 그녀를 후려치려고 했다.

"아직 속단하기엔 이르다!"

"당하는 것은 네놈이다!"

이적산의 등 뒤에서부터 차가운 일갈과 함께 무지막지한 예기가 파고 들어왔다.

'암습……?'

흠칫 놀란 이적산이 황급히 손을 거둬들으며 빙글 몸을 돌렸다.

그를 향해 주막 안에 있던 여섯 명이 각기 검과 도, 판관필 등을 휘두르며 맹렬한 기세로 날아들고 있었다.

아차 했다간 그대로 전신이 고슴도치가 될 순간.

번쩍!

그의 옆에서부터 한 줄기 빛이 일며 달려들던 여섯 명을 전광석화처럼 베어갔다.

어느 틈엔가 백리휴가 백문검을 뽑아들고는 그들을 향해 일검을 날린 것이었다.

깡까까깡!

연달아 금속성이 터져 나왔다.

공격해 왔던 여섯 명은 튕겨지듯 허공으로 치솟아오르더니 이내 요사 옆으로 신형을 내려 세웠다.

"인사드리겠소. 난 십삼사 중 필사(筆死)라고 하오."

꼬장꼬장하게 생긴 노인이 손에 철로 된 판관필을 쥔 채 이적산을 향해 싱긋 웃어 보였다.

이층에서 홀로 술을 마시고 있던 노인이었다.

그가 자신을 소개하자 나머지 다섯 명도 차례로 입을 열었다.

"난 도사(刀死)……. 그대의 심장을 이 도를 갈라주지."

"흐흐……. 저 늙은이의 왼팔은 나, 검사(劍死)가 맡도록 하겠다."

"그럼 나 부사(斧死)는 오른쪽 다리 하나를 꺾어놓도록 할까나?"

"저 늙은이의 수급을 베는 건 우리들 악사(惡死)와 인사(忍死)가 하도록 하겠다."

수중에 각기 검과 도, 판관필과 은륜, 도끼, 철곤 등을 쥐고 있는 여섯 명의 노인들. 그들은 바로 이적산과 백리휴에 의해 죽은 다섯 명을 제외한 나머지 십삼사들이었다.

"살인벽이라고 하는 게 살수들이 대상을 반드시 죽이기 위해 만들어진 인위적인 공간이라고 하더군. 하지만 고작 그대들만으로 본 장주를 어떻게 할 수 있으리라곤 믿지 않는다."

이적산은 그들은 슥 둘러보며 차가운 눈빛을 했다.

무적장왕.

절대필왕 중 장의 하늘이라 일컬어지는 절대무인다운 기도였다.

"당신의 진정한 정체가 무적장왕이라는 게 놀랍지만 그렇다고 달라질 건 없어요."

요사는 그를 보며 두 눈에서 끈적한 눈빛을 발산했다.

"당신은 어차피 칠성판에 누워야 할 신세니까요."

이어 그녀의 시선이 백리휴에게로 향했다.

"물론 그쪽은 덤이 되겠지만……."

백리휴는 담담한 음성을 했다.

"내가 듣기로는 십삼사가 적어도 이 광동에서 소문이 자자한 살수라고 하더군. 그러나 이렇게 만나게 되고 보니 헛소문에 지나지 않음을 알게 되었소."

"무슨 뜻이지?"

"별다른 의미는 없소. 다만 살수라면서 그저 입만 떠들고 있으니 하는 소리요."

"프하하하……. 과연 그렇군. 자네 말이 정답일세."

듣고 있던 이적산이 통쾌하다는 듯이 대소를 터뜨렸다.

요사는 그런 그들을 보며 아름다운 봉목을 가늘게 추켜떴다.

"아무래도 지금까지의 대접이 소홀히 해서 그런 모양이로군요. 지금부터는 기대해도 좋아요."

마지막 '요' 자가 끝나는 순간 그녀의 은어 같은 두 팔이 이적산과 백리휴를 향해 내뻗어 갔다.

츠파파파팟!

양손에서부터 벼락치듯 날아오는 암기들.

동시에 나머지 여섯 명의 신형도 번개같이 움직였다.

"뒈져라!"

"우리가 왜 십삼사라 불리는지 알려주마!"

"크크……. 온몸의 살을 다 발라주마!"

여섯 명은 각기의 병장기를 휘두르며 공격해 왔는데, 이적산을 향해선 필사와 도사, 검사, 부사 등이 달라붙어 갔고, 백리휴에게는 악사와 인사, 그리고 요사가 살초를 펼치기 시작했다.

"꺼져라!"

눈 앞으로 검과 도, 도끼와 판관필이 유성처럼 떨어져 내리자 이적산은 호통성과 함께 양손을 빠르게 움직이며 장력을 쏟아냈다.

펑! 퍼퍼퍼펑!

수십 개의 장영이 환상처럼 떠오르며 날아들던 병장기들을 일시에 튕겨냈다.

동시에 그의 장은 뇌섬처럼 뻗어나가며 곧장 네 명을 향해 우박처럼 후려쳐 갔다.

섬전연환장.

당금 강호에서 최고의 장으로 손꼽히는 이적산의 연환장이 발출되자 그야말로 전광석화처럼 무수한 장영들이 네 명의 전신 위로 내려꽂히듯 떨어져 내렸다.

펑! 퍼퍼퍼펑!

필사 등이 다급하게 각자의 병장기를 통해 기운을 뿜어내며 이적산이 날린 장력과 충돌했다.

경력들이 회오리를 일으킨 채 사방으로 퍼져 나가며 주막 안을 들썩이게 만들었다.

"내 일장을 막아내다니 제법이로구나."

이적산은 지체 없이 그들을 향해 다시 한 번 장력을 발출했고, 네 명 역시 그를 가운데 두고서는 각기 병장기를 휘둘러 합공을 해왔다.

쾅! 콰앙! 쾅!

서로 다른 경력들이 충돌하면서 연달아 폭음을 일으켰다.

사실 십삼사들이 살수이긴 했으나 그들 개개인의 무공은 절정에 다다른 고수들이었다.

당금 천하에서도 그들의 무공은 결코 낮지 않았고, 오히려 상위에 든다고 해도 과언이 아니었다. 그런 그들이었기에 자신감을 가지고 정면승부를 펼친 것인데 뜻밖에도 이적산은 그들 네 명의 합공을 받고도 조금도 물러섬이 없어 보였다.

만약 살인벽에 있는 일곱 명 모두가 합공을 했다면 아무리 이적산이라고 해도 힘에 부쳤겠으나 백리휴로 인해 그들의 숫자가 나눠진 게 운이라면 운이었다.

그렇게 이적산과 네 명과의 싸움은 이적산이 유리한 방향으로 흘러갔다.

第九章

십삼사의 죽음

면왕 백리휴

"죽어라!"

쐐애애애액!

이때 고막을 찌는 듯한 날카로운 소음과 함께 백리휴의 눈 앞으로 한줄기 은광이 번개같이 파고 들어왔다.

바로 악사의 은륜이었다.

백리휴는 황급히 백문검을 휘둘러 은륜을 위로 쳐냈다.

깡!

은륜이 허공으로 튕겨졌다.

허공으로 솟구친 악사가 은륜을 한 손에 잡으며 곧장 백리휴의 머리를 향해 거꾸로 떨어져 갔다.

마치 허공에서 물구나무서기를 한 채 양손에 쥐어진 은륜을 풍차처럼 휘두르며 백리휴의 머리를 노려왔다.

동시에 인사가 빠르게 다가들며 철곤으로 왼쪽 옆구리를 찔러갔고, 또한 요사는 제비표 십여 개를 쥔 채 사혈을 노리며 차례차례 던지는 것이었다.

파츠츠츳……..

쐐애애앵……..

백리휴는 튕겨지듯 신형을 뒤로 뺐다. 뒤로 뺏다고 느낀 순간, 그의 신형은 쏘아진 화살처럼 허공으로 날아올랐으며 그의 손에 쥐어진 백문검이 번쩍 발출되었다.

가각!

악사의 은륜을 튕겨낸 백리휴의 백문검은 지체 없이 좌측 옆구리로 파고들던 철곤을 역시 좌측 팔을 부드럽게 텅 하고 휘둘러 튕겨냈다.

"엇!"

단순한 팔 동작으로 자신이 날린 철곤을 튕겨내자 인사의 입에선 당혹한 외침이 터져 나왔다.

백리휴는 재차 백문검을 종횡으로 휘둘러 사혈로 파고들던 제비표 세 개를 쳐냈다.

이 일련의 동작들은 설명으로는 매우 길었으나 실제로는 눈 한 번 깜박할 사이에 일어난 것이었다.

일순간에 그들 세 명의 합공을 막아낸 백리휴는 지체 없이 베기인 무심절을 펼쳤다.

휘익!

허공에 푸른 묵빛의 검광을 그어놓자 요사 등은 화들짝 놀라며 황급히 뒤로 물러섰다.

'평범한 횡소천군의 초식…….'

'그런데도 우리 몸이 갈라질 듯한 기운이 느껴졌다…….'

'설마 이놈이 우리를 압도하는 무공을 지녔단 말인가?'

눈앞에 펼쳐진 검기가 그들 가슴을 베어놓은 것처럼 살갗이 따끔거릴 정도였다.

이제껏 무수한 상대들을 죽여 왔으나 지금처럼 단 일검에 가슴이 서늘할 정도로 놀라기는 처음 있는 일이었다.

그러나 놀라고 있을 수만은 없었다.

"타핫!"

백리휴가 낭랑하게 외치며 수중의 검을 비쾌하게 휘둘러 왔다.

휘우우웅…….

검끝에서 솟구친 검기가 춘풍을 타고 흐르는 꽃향기처럼 사방으로 쫘악 퍼지며 그들 세 명의 전신을 뒤덮었다.

날카롭거나 위협적인 검기가 아니었다.

어찌 보자면 맥아리 없어 보이는 검기, 그러나 그 검기를 마주 대하는 세 사람은 머리카락이 곤두설 만큼 놀라지 않을 수 없었다.

"거… 검기가 움직여……?"

"어찌 이런 일이……?"

검기가 그들의 은륜과 철곤을 멈추게 했다. 마치 뱀이 그들의 병장기들을 휘감은 듯했다.

검기는 그것에 그치지 않고 살아있는 생명체처럼 암기를 뿌리려는 요사에게로 날아가 검은 빛을 토해냈다.

"다… 당하지 않는다……."

요사는 아연실색하며 황급히 바닥으로 교구를 날렸다.

게으른 당나귀가 바닥을 구른다는 나려타곤을 시적하고서야 간신히 검기를 피해낸 그녀는 벌떡 몸을 일으켰다.

그녀의 안색은 백짓장처럼 창백하게 일그러져 있었는데, 그만큼 그녀가 놀란 탓이었다.

"단순한 애송이가 아니로군."

"지금부터는 제대로 해주지."

팽팽팽!

인사의 철곤이 맹렬한 회전을 일으키며 파고들었다.

마치 거대한 송곳 같다고 할까.

백리휴는 정면으로 마주치기 보다는 백문검을 비스듬히 휘둘러 날아오는 철곤의 끝을 꺾어버렸다.

그러자 이번엔 악사가 그의 몸 곁으로 바짝 다가들며 한 쌍의 은륜을 비쾌하게 휘둘렀는데, 철곤을 막기 위해 검을 휘두르고 있던 터라 백리휴는 그만 가슴을 노출시키고야 말았다.

팟파파팟…….

한 쌍의 은륜이 번개같이 그의 가슴을 스치고 지나갔다.

그의 가슴으로부터 붉은 핏방울이 흘러나왔다.

백리휴가 황급히 칠보를 펼치긴 했으나 미처 모두 피해내진 못한 터라 적지 않은 상처가 남은 것이었다.

'젠장… 하마터면 죽을 뻔했군.'

백리휴는 내심 자신도 모르게 욕설을 내뱉으며 악사를 향해 백문검을 내뻗었다.

찌르기인 무심찰이 펼쳐지자 백문검은 거의 눈에도 보이지 않을 속도로 악사를 향해 폭사되었다.

"흥! 어림없다!"

날카로운 코웃음과 함께 요사가 날린 우모침이 눈앞으로 날아온 것은 바로 그 순간이었다.

백리휴는 어쩔 수 없이 악사를 향해 찔러가던 백문검을 거둬들이고는 눈앞으로 파고드는 우모침들을 내쳤다.

삼인의 합공은 절묘했다.

인사가 철곤을 이용해 거리를 둔 채 공격하고, 동시에 악사가 한 쌍의 은륜을 휘두르며 접근전을 펼쳤다. 더불어 요사가 멀리 떨어진 곳에서 빈틈을 노리고 암기들을 던지니 이들의 공격에 휘말리게 되면 뻔히 알고도 죽을 수밖에 없었다.

"크크크……. 왜, 생각대로 되지 않으니까 당황한 건가? 네놈의 실력이 놀랍긴 하다만 우리에게 걸린 이상 죽을 수밖에 없다."

악사는 음침한 웃음을 키득거리며 곧장 앞으로 날아들며 은륜으로 그의 가슴을 그어왔다.

백리휴는 얼른 백문검을 휘둘러 악사의 은륜을 막았다. 그러자 이번에 역시 인사의 철곤이 탄환처럼 날아오며 그의 전신으로 파고드는 것이었다.

'일단 이들의 합공부터 깨어놓아야 할 터…….'

백리휴는 곧장 눈앞에 있는 악사를 향해 뛰어갔다.

그러면서 잡고 있는 백문검으로 그의 미간을 노린 채 찌르기인 무심찰을 펼쳐갔다.

파악!

빛과 함께 폭사되는 검.

주위에 있는 모든 것을 빨아들이는 듯한 찌르기에 악사는 은륜을 휘두르지도 못한 채 멍하니 바라볼 뿐이었다.

"정신 차려!"

인사가 버럭 소리치며 신형을 날려 악사 앞을 가로막더니 이내 철곤으로 후려쳐 왔다.

땅!

철곤과 검이 충돌하며 불꽃을 튕겼다.

인사는 질겁한 얼굴을 했다.

충돌한 순간 검이 떨어지기는커녕 마치 나무를 타고 오르는 뱀처럼 철곤을 타고 스륵 기어오르며 그의 손을 노려왔기 때문이었다.

그는 황급히 철곤을 움직여 기어오르던 백리휴의 검을 튕겨냈다.

퍽! 퍼퍽!

백리휴의 신형이 크게 흔들린 것은 바로 그때였다.

조금 떨어진 곳에 있던 요사가 날린 암기가 그의 허벅지와 옆구리에 틀어박힌 것이었다. 나선형으로 생긴 강철침이었다.

"호호……. 기억해 두라고. 난 언제든지 네놈의 심장에 암기를 틀어박을 수 있다는 걸."

"타핫!"

요사가 요사스런 웃음을 짓자 백리휴는 느닷없는 호통성을 터뜨렸다.

그는 번개같이 앞에서 다소 여유 있는 표정을 한 채 서 있던 악사를 향해 달려가더니 백문검을 사정없이 찔러갔다.

설마 암기에 격중되고서도 이렇게 빨리 움직이라고 생각하지 못했던 악사는 눈앞으로 날아오는 백문검을 보며 다급히 은륜을 뻗어 막아갔다.

투타타탕…….

검과 충돌한 은륜이 이리저리 튀며 날카로운 음향을 비명처럼 내질렀다.

"이놈!"

그때를 놓치지 않고 인사의 철곤이 송곳처럼 백리휴의 머리를 노리며 파고들었다.

깡!

백리휴는 백문검을 휘둘러 철곤을 쳐냈다.

짧은 순간에 한숨을 돌린 악사가 납작 바닥을 향해 엎드린 채 마치 바닥을 미끄러져 오며 먹이를 덮치는 독사처럼 은륜을 휘두르며 백리휴의 하체를 공격하는 것이었다.

파츠츠츳…….

백리휴는 갑자기 오른발로 바닥을 힘께 밟았다.

텅 하며 바닥이 진동을 일으키자, 악사는 그 힘의 여파에 의해 몸을 튕기듯 일으킬 수밖에 없었다.

그 순간 백리휴는 백문검을 쥔 손으로 악사와 인사를 향해 크게 원을 그리며 앞으로 내뻗었다.

우공은 풍운탈백장을 검초로 바꾼 것이었다.

후와아악…….

검으로 일으킨 커다란 원 안에서 일 수 없는 기이한 흡입력이 흘러나왔다.

악사와 인사는 하마터면 자신들의 몸이 그 원 안에 빨려 들어갈 것 같은 위기감을 느끼고는 공력을 끌어올려 신형을 뒤로 제쳤다.

바로 그 순간 백리휴는 좌수를 얼른 품속에 집어넣었다가 이내 뒤를 향해 가볍게 던지는 시늉을 했다.

퍽!

"큭……."

암기를 양손에 거머쥔 채 기회를 노리고 있던 요사의 입에서 낮은 신음성이 흘러나온 것은 거의 동시의 일이었다.

그녀는 두 눈을 가슴으로 내린 채 경악과 불신에 찬 얼굴을 했다.

"대… 대체 이건……."

그녀의 가슴에는 한 자루의 비수가 틀어박혀 있었다.

유리처럼 투명하고 가늘고 얄팍한 한 자루의 비수.

그것은 청운장 지하에서 이적산으로부터 구원받을 당시 백리휴의 가슴에 꽂혀 있었던 무영십이비 중 하나였다.

"기척도 느끼지 못하고… 격중된 다음에야 알게 되는 비수라니……. 대체 이런 말도 안 되는……."

그녀의 교구가 허물어지듯 그 자리에 주저앉고야 말았다.

단순히 백리휴가 던진 것에 불과하지만 고금오대암기 중의 하나인 무영십이비를 요사가 막아내기란 불가능한 일, 십삼사 중의 유일한 홍일점이자 암기의 달인이라던 그녀가 무영십이비에 격중되어 죽고 만 것이었다.

"요… 요사가 당하다니……."

"저… 저놈이……."

악사와 인사가 당황한 얼굴로 소리쳤다.

백리휴는 지체 없이 그 둘 사이로 파고들며 백문검을 종횡으로 휘둘렀다.

휘웅…….

검끝에서 실 같은 가르다란 검기가 두 사람의 몸을 곧장 휩쓸고 갔다.

부드러운 검기. 그러나 피하고 말고 할 틈도 없을 만큼 빨랐다.

"아아악!"

"커억!"

악사와 인사의 입에서 짧은 단말마가 터져 나왔다.

이어 그들의 몸이 그대로 사분오열되더니 이내 혈편이 되어 후두둑 바닥으로 떨어져 버렸고, 그들이 사용하던 병장기 등이 덜컹 소리를 내며 바닥으로 나뒹굴었다.

백리휴가 펼친 검에 의해 그들의 전신이 산산조각 난 것이었다.

요사에 이은 악사와 인사의 죽음.

그것은 이적산을 공격하고 있던 검사와 도사, 필사, 부사 등에게도 적지 않은 영향을 미쳤다.

"모두 당했다!"

"이런 젠장……."

"다음은 네놈들 차례다!"

이적산의 우렁찬 외침에 이어 그의 쌍장이 허공에다 눈부신 섬광을 쏟아냈다.

번쩍……. 푸콰아아아…….

그의 장심에서부터 수백발의 뇌전이 뿜어져 나왔다.

그것은 일시에 수백발의 번개가 한꺼번에 대지를 난타하는 것과 같았다.

쿠콰콰콰콰쾅……. 콰앙!

지축이 뒤흔들렸다.

이적산으로 하여금 무적장왕이라고 불리워지게 만든 희대의 절학 섬전연환장은 그 빠름에 있어서도 타의 추종을 불허했지만 그 파괴력 또한 가공할 정도였다.

이윽고 사위를 새파랗게 물들이던 섬광이 사라지고 난 뒤, 바닥엔 네 구의 시체가 숯덩이가 되어 나뒹굴고 있을 뿐이었다.

"……!"

"……!"

이적산은 다소 창백한 얼굴을 한 채 바닥에 쓰러져 있는 시체들을 둘러보며 차갑게 중얼거렸다.

"고작 이 정도 실력을 가지고 내 앞을 막았단 말인가? 불나방 같은 놈들……."

십삼사에 속한 네 명을 한꺼번에 처치한다는 것은 무적장왕이라고 불리우는 그로서도 공력을 상당히 소모하는 일이었다.

"어찌 되었든 모두 처치했군요."

백리휴는 백문검을 허리에 꽂은 뒤 쓰러져 죽어 있는 요사 앞으로 걸어갔다. 그는 그녀의 가슴에 박혀 있던 무영십이비를 다시 뽑아서는 품속으로 간직했다.

"이들은 처치했지만 아직 끝난 것은 아닐세."

그 모습을 바라보던 이적산이 고개를 저었다.

백리휴는 의아한 얼굴을 했다.

"끝나지 않다니 그게 무슨 말입니까?"

"살인벽은 아직 해체되지 않았네."

"살인벽이……."

이적산의 말에 백리휴는 주막 안을 둘러 보았다.

주막은 여전히 마찬가지의 모습 그대로였다.

이적산은 무거운 눈빛을 했다.

"살인벽이란 살수들이 상대를 죽이기 위해 만들어 놓은 공간……. 이것이 파괴되지 않는다는 것은 아직도 누군가 우리를 노리고 있다는 말일 터……."

"잘 알고 있군."

채 그의 말이 끝나기도 전에 담담한 말소리가 들려왔다.

노승.

홀연 두 사람 앞으로 검은 가사를 걸친 깡마른 체구의 노승이 불쑥 튀어나오듯 모습을 드러냈다.

노승은 다소 창백한 얼굴에 부드러운 눈빛을 하고 있었으나, 일심에 걸친 검은빛 가사처럼 어딘가 모르게 음습한 기운을 풍기고 있었으며, 노인의 허리엔 중들이 흔히 사용하는 계도(戒刀)가 매달려 있었다.

백리휴는 노승을 바라보며 무거운 눈빛을 했다.

"당신도 십삼사 중 한 명인 겁니까?"

노승은 고개를 저었다.

"난 십삼사 중의 한 명이 아니라 내가 곧 십삼사다."

그의 시선이 바닥에 나뒹굴고 있는 일곱 구의 시신들에게로 향했다.

"나를 제외한 열두 명은 그저 일종의 장식품에 지나지 않지. 내가 이놈들을 키웠고, 또한 힘을 주었으니 난 십삼사의 전부이자 모든 것이라고 할 수 있다."

실로 광오한 말.

그러나 노승에겐 그러한 말을 할 자격이었다.

그는 바로 십삼사 중에서 최고라 일컬어지는 천사였으니까.

살수 중의 살수이며 신조차 죽일 수 있다고 알려진 천사.

노승이 정체는 바로 천사였다.

*　　*　　*

협곡.

두 개의 산이 마주보고 있는 터라 안으로 들어가는 길목은 매우 좁았으며 온통 바위투성이라 험했다. 그중에서도 협곡의 좌우에는 마치 칼을 거꾸로 꽂아놓은 듯한 크고 작은 바위들이 세워져 있었는데, 그랬기에 이 부근에 사는 주민들은 이 바위지대를 일컬어 병풍암(屛風巖)이라고 불렀다.

그 병풍암 앞에 두 명의 인물들이 협곡 안을 보며 서 있었다.

"놈은 틀림없이 이곳까지 온다."

두 명 중 날카로운 인상을 한 종자기가 절벽 주위를 둘러보며 말했다.

그 옆에서 그의 말을 듣고 있던 묵의사내 묵혼이 두 눈에 기광을 번뜩였다.

"그들이 어떻게 여기까지 온다고 확신하지. 십삼사에게 그를 죽이라고 의뢰를 하지 않았던가?"

종자기가 코웃음을 쳤다.

"십삼사가 광동에서 거의 신처럼 군림하고 있는 살수들이라고 하지만……. 그들은 결국 살수일 뿐이다."

"그러니까 십삼사가 그를 처치하지 못한다고 생각하는 거로군."

"이적산이 살수들에게 당할 정도였으면 이미 오래전에 죽었겠지."

"믿지도 않으면서 거액의 황금을 들여 십삼사에게 그를 죽여달라고 의뢰를 했단 말인가?"

"만에 하나라는 게 있으니까. 기적적으로 그들이 정말로 이적산을 죽였다면 나로서는 최선의 결과가 되겠지. 그러나 가능성을 보았을 때 이적산이 멀쩡한 몰골로 여기까지 올 확률은 거의 팔, 구 할인 터……. 나로서는 준비하지 않을 수 없지."

"십삼사가 실패했다면 그대 혼자서는 무리일 텐데……."

그제서야 종자기는 마른 입꼬리가 슬쩍 위로 말아 올라갔다.

"그대의 이름이 묵혼이라고 했던가? 사실 우리는 필요에 의해 서로 손을 잡았을 뿐……. 그랬기에 이름을 제외하고는 난 그대에 대해 아무것도 모르고 있다."

"나 묵혼이 속한 곳은 천외별부다. 또한 우리가 그대에게 힘을 실어주는 것은 그대가 해남검파의 장문인이 되었을 때 그 이득을 우리에게 나눠주길 바라기 때문이오."

"그렇다면 천외별부가 어디에 있으며 또한 그곳의 주인이 누구인지 내게 말해줄 수 있는가?"

종자기는 묵혼을 보며 두 눈을 가늘게 떴다.

목혼은 멈칫거렸으나 이내 고개를 저었다.

"때가 되면 알게 될 일……."

"후후……. 내가 그대에 대해 잘 모르는 듯이 그대 역시 나에 대해 모르고 있다."

묵혼의 시선이 종자기의 얼굴에 고정되었다.

"시간이 무르익을 때까진 그게 서로 편할 거라는 생각이오."

"하긴 그럴지도 모르지. 아무튼 놈을 처치하는데 나를 비롯한 해남검파의 전사들 이백 명을 주위에 배치시켜 놓았다. 또한……."

"……?"

"묵혼, 그대가 내게 준 강시들도 여차하면 투입할 생각이다."

"……!"

묵혼은 그제서야 고개를 끄덕였다.

그가 종자기에 건네준 강시들의 위력은 실로 엄청날 정도였다. 비록 그 숫자가 이십 구밖에 되지 않지만 이적산이 높은 무공을 소유하고 있다고는 해도 강시들이 모두 달려든다면 결과는 불을 보듯 뻔한 일이었다.

'정확히는 단순한 강시들이 아니라 혈마체들이지만……. 어쨌든 그 혈마체들을 한꺼번에 상대한다는 것은 나로서도 불가능에 가까운 일이다.'

묵혼은 내심 중얼거리며 재차 종자기에게로 시선을 던졌다.

"그렇다면 바로 이 자리가 이적산의 무덤이 되겠군."

"나 종자기가 노려서 이제껏 실패한 적이 없다."

"그래야 할 거요. 그게 당신과 해남검파를 위해서도, 그리고 그대들을 지원하고 있는 우리에게도 이득이 될 테니까."

묵혼은 한마디를 덧붙였다.

"필요하다면 나 역시 끼어들도록 하지."

종자기는 크게 고개를 끄덕였다.

"그 도움을 받아들이지. 하지만 이적산의 무공이 아무리 뛰어나다고 해도 그가 이백 명의 전사와 강시들을 상대하고 난 뒤 내 검을 막아낼 수 있으리라는 믿지 않는다. 프하하하……."

마지막 뒷말은 한줄기 광소로 이어졌다.

공력이 실린 그의 웃음에 병풍암 전체가 우르르 흔들렸다.

*　　*　　*

십삼사 중 살수왕이라고 불리우는 자.

천사.

일명 죽음의 천사라 불리워지는 인물이 주막에 모습을 드러낸 노승이었다.

"십삼사 중의 최고라고 일컬어지는 천사가 불문의 인물이었다니……."

이적산은 눈앞에 있는 노승, 천사를 바라보면서 낯빛을 무겁게 가라앉혔다.

천사는 그를 보며 담담한 음성을 했다.

"뜻밖인 것은 나를 제외한 열두 명이 고작 그대들 두 명을 당해내지 못하고 죽었다는 것이겠지."

"십삼사가 이름이 높다고는 하지만 고작 살수에 지나지 않는다."

"다른 자들이라면 모르겠으나 그대는 그런 말을 할 자격이 있지. 적어도 그대는 절대팔왕 중의 일인인 무적장왕이니까."

"그 말은 마치 나를 반드시 죽일 수 있다는 것처럼 들리는군."

"살수가 모습을 드러냈다는 것은 그만한 자신이 있다는 얘기……."

"여기 바닥에 죽어 있는 놈들과 조금 전에 똑같은 말을 했지."

"말은 똑같을지 모르나 말을 한 상대가 전혀 다른 존재니까."

천하는 말을 끝내기가 무섭게 돌연 신형을 움직이더니 이적산을 향해 일수를 뻗는 것이었다.

파앗!

그의 손에서부터 뻗어 나오는 은빛의 광망.

"암습인가?"

이적산은 눈썹을 꿈틀거리더니 황급히 신형을 허공으로 띄웠다. 백리휴 역시 마찬가지였다.

그러나 천사는 그들을 향해 연속적으로 손을 휘둘렀고, 그로부터 수십 줄기의 은빛이 뻗어나며 공간을 가득 메우는 것이었다.

잠시 후.

은빛 광선은 주막 안을 가득 메웠다.

그것은 놀랍게도 실처럼 가느다란 은빛의 강철선이었다. 순식간에 주막 안은 강철선들로 빽빽이 들어차게 되었는데, 흡사 주막 한 가운데 거대한 거미줄이 쳐진 듯이 보였다.

"이것은 살인선(殺人線)이라고 불리우는 것……. 반드시 죽여야 할 상대에게 써먹는 것이라고나 할까? 난 이놈을 죽음의 거미줄이라고 부르지."

어느 틈엔가 천사는 강철선 위에 우뚝 서 있었다.

마치 거미줄을 펼쳐놓은 거미와 같은 모습이었다.

"그대들에게 죽은 일곱 명은 매우 어리석었다. 살인벽을 펼치고도 제대로 이용을 하지 못하고 오히려 당하고 말다니……."

"이름 하나는 거창하군요."

"본래부터 빈수레가 요란한 것뿐일세."

백리휴와 이적산 역시 강철선 위로 신형을 내려 세웠다.

천사는 그들을 보며 입가에 흐릿한 웃음을 지었다.

"본래부터 인간이란 자신의 업을 가지고 태어나 업이 시키는 대로 움직이지. 그것을 운명이라고 하거니와 나는 살업을 가지고 태어나 그 살업이 시키는 대로 움직이는 자……."

그는 천천히 우수를 치켜들었다.

"그러므로 그대들 모두는 바로 여기서 죽는다."

파앗!

그의 허리춤에서부터 한줄기 서늘한 빛이 뿜어져 날아왔다.

그것은 그가 차고 있던 계도였다.

깡!

이적산의 몸 가까이에서 맑은 금속성이 터져 나왔다.

어느 틈엔가 백리휴가 백문검으로 천사의 계도를 막아낸 것이었다.

천사는 그를 보며 두 눈에 이채를 떠올렸다.

"놀랍군. 그대 같은 젊은이가 내가 펼친 도를 막아내다니……."

백리휴는 담담한 얼굴을 했다.

"잠시 후에 내가 당신을 꺾는다면 더욱 놀라겠군."

"나를 꺾는다고? 과연 그러한 실력이 있는지 모르겠군."

"겪어보면 알게 될 겁니다."

슈욱…….

백리휴는 재빨리 무심절을 펼치며 백문검으로 천사를 베어갔다.

"횡소천군을 그런 식으로 펼치다니 재미있군."

천사는 고개를 끄덕이며 수중의 계도를 휘둘러 마주쳐 갔다.

깡!

검과 계도가 충돌하면서 두 사람의 어깨가 들썩거렸다.

백리휴는 내심 검을 통해 상대의 공력이 내부로 파고들자 가슴이 크게 진탕되었으나 개의치 않고 발을 앞으로 내딛었다.

동시에 검을 앞으로 내뻗으며 백문검법의 일초인 대검심문을 펼쳐갔다.

휘익…….

검이 유연하게 허공에 흰 선을 그리며 천사의 목을 노리며 날아갔다.

천사는 뜻밖의 반응에 흠칫 놀랐으나 지체 없이 계도를 휘둘러 막아갔다.

"어린 녀석이 제법 싸우는 법을 알고 있구나. 그러나… 엇!"

갑자기 그의 입에서 짧은 당혹성이 신음처럼 새어 나왔다.

계도로 상대의 검을 막은 순간, 검이 튕겨 나가기는커녕 마치 나무를 타고 오르는 뱀처럼 스륵거리며 도를 쥐고 있는 손까지 올라오는 게 아닌가.

"놈!"

천사는 당혹해 했으나 이내 오른발로 밟고 있던 강철선을 쿵 하고 내리밟았다.

강철선은 투웅거리며 크게 진동했다. 그러자 검을 움직여 가던 백리휴의 몸이 한쪽으로 크게 기우뚱거리는 것이었다.

"헛! 몸이……."

백리휴는 강설선이 튕기자 그만 중심을 잡지 못하고 비틀거렸다.

그때를 놓치지 않고 천사의 계도가 번개같이 날아왔다.

번쩍!

허공을 잘게 썰며 눈앞으로 날아오는 도.

백리휴는 몸 중심이 아래로 쏠린 터라 미처 백문검을 휘두를 수가 없는 상태였다. 그는 재빨리 몸을 아래로 바짝 낮추었다.

파앗!

그때 천사의 계도가 그의 머리 위를 스쳐가자 몇 가닥의 머리카락이 잘려져 나갔다.

아차 했으면 잘려져 나간 것은 머리카락이 아니라 그의 머리였으리라.

"후후……. 천하에 다시없는 고수라고 할지라도 이 살인선 위에선 죽을 수밖에 없다."

천사는 그를 보며 나지막한 웃음을 흘렸다.

살인선.

그것은 백리휴에게 있어선 치명적인 약점이나 마찬가지였

고, 천사에게 있어선 또 다른 무기인 셈이었다.

'이 위에선 제대로 몸을 가누기가 힘들다. 이래선 그를 공격하는 것은 고사하고 그의 도를 받아내기조차 힘들 수밖에 없다…….'

백리휴는 살인선 위에서 신형을 추스르며 흔들리는 눈빛을 했다.

천사가 발을 움직일 때마다 강철선은 크게 진동을 일으켰고, 그것은 백리휴로 하여금 제대로 서 있지도 못하게 만들었다.

사실 백리휴가 아무리 뛰어난 검술실력을 가지고 있다고 해도 이처럼 몸의 중심을 잡지 못하고 있다면 그것은 말짱 헛일이나 다름없었고, 오히려 상대의 공격에 약점만을 노출시킬 수밖에 없었다.

쐐애애액…….

상대의 계도는 요란한 파공음을 일으키며 전광석화처럼 날아들었다.

'젠장…….'

백리휴는 자신도 모르게 내심 욕설을 터트리며 황급히 칠보를 펼쳤다.

스팍스팍!

그러나 제대로 상대의 도를 피하지 못하고 순식간에 그의 양쪽 어깨와 가슴에 가느다란 도흔이 새겨졌고, 그로부터 핏물이 튀어 올랐다.

사실 칠보가 삼면무쌍유일존인 우공의 절학 중 하나로 그 어떤 상대의 공격조차 무력화시키며 피할 수 있는 절대의 보법이었으나, 지금과 같이 흔들리는 강철선 위에선 제대로 그 위력을 발휘할 수 없었다.

"후후……. 살인선 위에선 상대가 초극삼천존이라고 해도 내게 당할 수밖에 없다."

천사는 그를 보며 히죽 웃어 보였다.

십삼사 중에서 제일 강한 존재가 바로 그였다. 나머지 열두 명이 한꺼번에 공격한다고 해도 그를 당해내지 못할 정도였다.

그런 막강한 무공을 가진 그가 살인선을 마음대로 조종하며 공격을 펼치고 있으니, 맞상대하고 있는 백리휴의 입장에서 좀처럼 검을 휘두를 기회조차 얻지 못하고 있었다.

"아래에서 안 된다면 위라면 가능하다!"

그때 뒤에서 지켜보던 이적산이 나직이 소리쳤다.

동시에 그는 우수를 뻗어 무형의 기운을 일으켜 백리휴의 몸을 허공으로 띄우는 것이었다.

백리휴는 '어엇!' 하고 놀랐으나 이내 이적산의 진의를 알아차리곤 허공에서 신형을 세운 뒤 곧장 아래에 있는 천사를 향해 검을 내뻗어갔다.

파츠츳…….

그의 검에 꿈틀거리는 검기를 내뿜으며 천사의 전신을 내려꽂듯 날아갔다.

"잔재주 가지고선 통하지 않는다."

천사는 버럭 소리치며 수중의 계도를 종횡으로 그어가자, 이제껏 볼 수 없었던 붉은 혈광이 도끝에서 뿜어져 나왔다.

그가 자랑하는 혈수라마도(血修羅魔刀)가 펼쳐진 것이었다.

깡! 까깡!

검과 도가 충돌하면서 날카로운 금속성이 연달아 터져 나왔다.

천사는 계속해서 계도를 휘둘렀는데, 불벼락이 치는 듯한 혈광이 도끝에서 탄환처럼 뿜어져 나왔다.

그에 반해 백리휴가 휘두르는 검은 마치 물이 흐르듯 매우 유연한 움직임을 보였다.

뇌전처럼 날아오는 도광을 백문검에서 흘러나온 부드러운 검기가 감싸듯 휘감으며 상대의 도기를 흐뜨려 놓았다.

마치 엉킨 실타래를 하나하나 정리하여 푼다고 할까.

그렇다고 단순히 막아내는 것만은 아니었다.

휘이익…….

백문검에서 흘러나온 검기는 마치 강물을 거꾸로 거슬러 올라가는 연어처럼 붉은 도기를 타고 오르며 천사를 공격하는 것이었다.

대검심문.

백문검법 중 제일초인 이것은 검의 본질을 파악하는 데서부터 시작되는데, 지금 내뻗은 그의 일검은 그간의 여러 격전을 통해 얻은 요령과 현무자가 남겨준 매화심검론의 검의가 녹아 있었다.

마치 악사가 즉흥적으로 가사를 붙여 노래를 하듯 그의 검 역시 일정한 틀도 없이 그때그때 상황에 맞춰 움직여 나갔다.

더군다나 백리휴는 마치 날개라도 달린 듯 둥실 허공에 뜬 상태에서 검을 날리는 것이니, 그를 상대하는 천사로선 막기가 매우 어려웠다.

본래 위에서 공격을 퍼붓는 적을 상대하기가 어려운 법이니 이는 매우 당연한 일이라고 할 수 있었다.

'어린놈의 검법이 기괴하구나! 아니 그보다 허공에서 저렇게 오랫동안 떠있을 수 있다니……. 그러나 놈이 하늘을 나는 새가 아닌 이상 무작정 떠있을 수만은 없는 일……. 놈이 살인선 위에 내려설 때가 바로 놈이 죽는 순간이다!'

내심 이를 가는 천사였다.

그러나 어찌된 일인지 백리휴는 한 번 허공에 떠오른 뒤 좀처럼 아래로 내려가지 않았다.

마치 등 뒤에 보이지 않은 날개라도 달린 듯 허공 이리저리를 날아다니면서 검을 휘두르며 자신에게로 공격을 퍼붓고 있는 것이었다.

'말도 안 돼! 어떻게 인간이 새가 아닌 이상 벌써 일각이 지났거늘 저렇게 허공에 떠있을 수 있단 말인가?'

천사는 내심 비명처럼 외치고 있었다.

매사 담담했던 그의 두 눈은 찢어질 듯 부릅떠져 있었는데, 그것은 그만큼 그가 놀라고 있다는 반증이었다.

세상에 다시없는 무공의 소유자라고해도 새가 아닌 이상 오랫동안 허공에 떠있을 수는 없는 일이었다.

한데 놀랍게도 눈앞의 백리휴는 일각이 지났음에도 불구하고 여전히 허공에 뜬 채 자신을 향해 검을 휘두르고 있지 않은가.

실로 자신이 직접 경험하고도 믿기지 않는 일이었다.

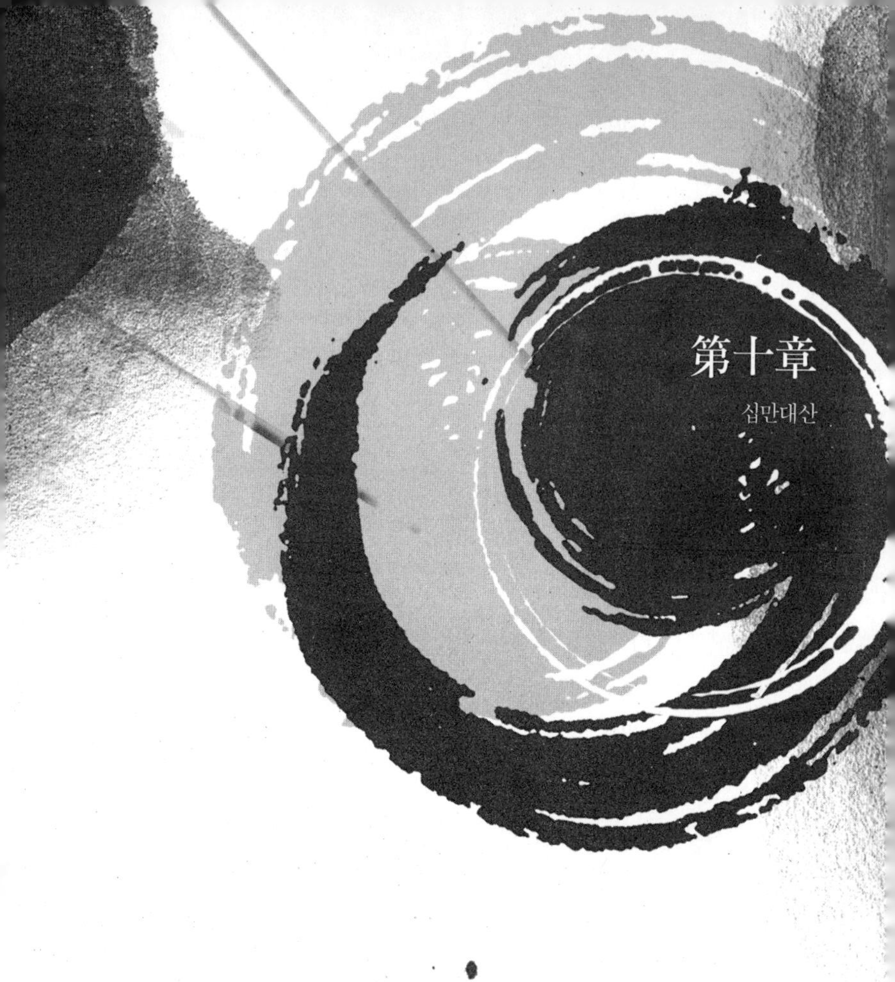

第十章

십만대산

면왕 백리휴

쐐애액…….

허공에 떠있던 백리휴의 검이 곧장 유성처럼 머리를 향해 떨어져 내렸다.

이제까지 유연했던 기운과는 달리 불을 뿜는 듯한 기세.

"애송이 놈! 어림없다! 혈영파천!"

온몸의 솜털이 곤두설 정도의 가공할 기운을 느낀 천사는 혼신의 공력을 끌어올린 채 계도를 휘둘렀다.

쑤와앙!

도끝에서 이제껏 볼 수 없었던 짙은 혈광이 뿜어져 나왔다.

콰앙!

서로 충돌한 서로 다른 두 개의 경력이 하늘 높이 솟구치며 주막의 천장을 그대로 박살 내버렸다.

"크윽! 이 정도라니……."

검을 잡고 있는 손을 통해 지독한 반탄력이 스며들자 짓이기는 듯한 신음을 흘린 백리휴의 신형이 그 충격의 여파에 의해 튕겨지듯 허공으로 치솟아올랐다.

"크하하하……. 제법이었다만 이젠 네놈도 끝이다!"

천사는 앙천광소를 터뜨리며 하늘 높이 떠오른 백리휴를 향해 왼손을 내뻗었다.

그러자 거미줄처럼 처져 있던 살인선들이 그대로 축 풀어지는가 싶더니 돌연 먹이를 향해 덮쳐드는 독사떼들과 같은 모습을 보이며 곧장 백리휴를 향해 뻗어나가는 것이었다.

촤아아아악… 촤악……!

눈 한 번 깜박할 순간에 허공에 떠있던 백리휴의 전신이 그대로 꿰뚫려 버릴 듯 보이는 살인선들.

콰앙!

백리휴의 우수에 쥐어져 있던 백문검에서부터 눈부신 섬광이 포탄처럼 뿜어져 나온 것은 바로 그때였다.

동시에 백문검이 짙은 묵광을 휘장처럼 드리운 채 백리휴의 손을 벗어나 아래에 있는 천사를 향해 쏘아지듯 날아가는 것이었다.

과우우웅!

태풍의 눈과 같다고 할까.

검끝으로 모든 것이 끌려 들어가는 듯했고, 실제로도 전광석화처럼 뻗어가던 살인선들이 검끝으로 빨려 들어가더니 순식간에 가닥가닥 끊어진 채 사방으로 튕겨져 날아가는 것이었다.

"죽어라! 혈영수라!"

천사는 혼신의힘을 다해 계도로 묵광에 휩싸인 채 가공할 속도로 눈앞으로 날아오는 백문검을 후려쳐 갔다.

쿠콰아아앙!

사방으로 태양열과 같은 빛이건과 도가 충돌하면서 사방으로 퍼져 나갔다. 주막 전체가 그 빛의 여파에 의해 그대로 터져 나갔다.

꽈직!

뭔가 무너져 내리는 듯한 둔중한 타격음이 들린 것은 그 다음의 일.

천사의 신형이 크게 흔들렸다.

어느 틈엔가 사방으로 휘몰아치던 묵광은 사라져 버렸다.

"……!"

"……!"

천사는 밀랍처럼 창백한 얼굴을 하고 있었다.

"지금… 펼친 검초가 무엇이냐?"

신음처럼 중얼거리는 듯한 물음.

이미 사방을 가득 메우고 있던 살인선은 사라진 상태였고, 백리휴는 주막 바닥에 우뚝 선 채 그를 주시하고 있다가 짧게 대답했다.

"백문검법 제일문 대검심문……."

"대… 검논문……."

가슴.

천사의 가슴 한 가운데엔 백문검이 꽂혀 있었다.

지지지징…….

가슴에 틀어박힌 백문검 전체가 가는 진동을 일으키고 있었는데, 이는 거의 금강불괴의 경지에 이른 천사의 육신을 관통했기에 일어난 현상이었다.

'대검심문에 수라마혼력을 실어서 던졌다. 상상을 불허할 정도의 위력…….'

전에도 인사를 죽일 때 백문검을 던져서 어검술처럼 사용했다.

그것은 현무자의 매하심검론에 있는 이기회선의 요결을 사용한 것이었으나 지금 천사에게는 단지 수라마혼력을 힘껏 끌어올린 뒤 던진 것에 지나지 않았다.

그러나 그 위력은 실로 엄청난 것이어서 거의 금강금괴나 다름없었던 천사의 육신을 허물고 가슴을 꿰뚫고 만 것이었다.

“설마… 어검술인가……?”

“아니오. 그러나 능히 그 정도 위력은 될 것이오.”

주륵…….

천사의 입가로 한줄기 검붉은 선혈이 흘러내렸다.

백리휴는 내심 한숨을 내쉬며 우수를 들자, 천사의 가슴에 박혀 있던 백문검이 무형의 기운에 의해 쑥 뽑혀지며 이내 그의 손으로 되돌아오는 것이었다.

“커억……. 그럼… 죽어도 그리 억울하지는… 않겠구나…….”

콰당!

천사의 신형이 앞으로 꼬꾸라졌다.

이제껏 상대에겐 죽음의 사신으로 군림하던 천사였으나 그 역시도 죽음을 피해가진 못했다.

십삼사.

광동 내에서 사신으로 군림하던 열세 명의 살수들.

마침내 그들 모두가 이 땅에서 사라지고 만 것이었다.

영원히…….

* * *

십만대산.

과동과 광서의 접경에 위치한 이 산은 십만대산이라고 불리워지기는 했으나 정확한 명칭은 아니다.

사실 이 산은 하나의 산이 아니 작고 큰 산들이 무수히 많이 길게 연결되어 있는 형태였는데, 그랬기에 산이 많다는 의미에서 십만대산이라고 불리워졌던 것이었다.

십만대산으로 들어가는 초입.

"허허……. 어느덧 여기까지 왔구만."

두 명의 인물이 걸어가고 있었는데, 그들 중 한 노인이 산 입구를 바라보며 가벼운 웃음을 터뜨렸다.

청년, 백리휴는 고개를 끄덕였다.

"십만대산이라고 해서 뭔가 거창한 산인 줄 알았더니 그냥 평범한 것 같습니다."

"십만대산은 산이 엄청 크거나 웅장한 규모라서 그렇게 불리우는 게 아닐세. 헤아릴 수 없을 정도의 크고 작은 산들이 계속해서 연결되어 있기에 그렇게 불리우는 것뿐이지."

여기까지 말한 이적산은 문득 뭔가 생각난 듯 물었다.

"백리휴, 내가 왜 자네를 이곳까지 데리고 왔는지 아는가?"

"장주님께서 여기에 있는 차밭의 주인들과 차를 계약하기 위해 오신다고 하시지 않았습니까?"

"물론이지. 그러나 사실 그보다 더 중요한 것이 있네."

이적산의 뜻밖의 말에 백리휴는 어리둥절한 얼굴을 했다.

"더 중요한 일?"

이적산은 고개를 끄덕였다.

“그렇지. 이건 우리 백련교, 그리고 성화미륵불파에게 있어선 무엇보다도 바꿀 수 없는 일이지. 목숨보다도 중요하다고 할까.”

“대체 그게 무엇입니까?”

“백 년 전 황실과 백도의 총공세 속에서 우리 백련교는 마지막을 생각하지 않을 수 없었네. 비록 십만대산이 우리의 근거지라고는 했지만 그들의 공세는 그만큼 엄청난 것이었으니까. 역사가 말해주듯 우린 패배했네. 지금까지 교세를 회복하지 못할 정도였으니까 그날의 패배가 얼마나 치명적이고 처참했는지는 말 안 해도 잘 아리라 생각하네.”

백 년 전 주원장은 백련교를 중원에서 숙청하기로 결정을 내린 뒤 군부대와 백도 연합군을 움직여 총공세를 펼쳤다.

당시 백련교가 결사의 항전을 했으나 노도처럼 달려드는 연합군의 위력 앞에 그들을 철저히 궤멸될 수박에 없었다.

“마지막 싸움에 우리 백련교들은 혼신의 힘을 다해 그들과 격전을 치뤘으나 결국엔 교가 무너지는 걸 막지 못했네.”

“…….”

“결국 살아남은 우리들은 교가 무너지는 걸 보면서 교를 빠져나올 수박에 없었지. 만약 우리들마저 죽는다면 그건 백련교의 맥이 끊어지는 일이었으니까.”

“…….”

백리휴는 고개를 끄덕였다.

이적산의 말처럼 당시 적과 대항해 모두 몰살당했다면 지금의 태평장은 존재하지 않았기 때문이었다.

그러다 문득 그는 기이한 생각이 들었다.

"백련교의 양대 파벌 중 하나인 혼돈겁륜파의 수장인 천마는 당시 없었단 말입니까? 장주님의 말씀대로라면 당시 천마의 무공은 가히 독보적이었을 것 같은데……."

"자네 말이 맞네."

이적산은 길게 한숨을 내쉬었다.

"사실 천마의 무공이라면 황실과 백도가 연합했다고 하더라도 능히 그들을 물리칠 수 있었지."

"하면 그렇게 하지 않았다는 말씀이십니까?"

"당시 난 태어나지도 않았으니 알 수 없는 일일세. 하지만 돌아가신 내 사부님의 말씀에 의하면 천마가 그날 돌연 행방불명되었다고 했네."

천마의 실종.

그것은 당시 백련교도들에게 있어선 전혀 예상하지 못한 일이었고, 결과적으로 그가 실종됨으로 인해 백련교는 멸망하게 되었던 것이었다.

"당시 살아남은 백련교도들은 천마가 연합군의 암습을 받고 살해되었을 거라고들 했네. 그러나 내 사부님께선 결코 그럴 리 없다고 하셨지. 당시 천마의 무공은 지금 초극삼천존보다 높았으면 높았지 결코 아래가 아닐세. 어쩌면 그들 세 명을 모두 합친 것보다도 더 강했을 수도 있지."

실로 놀라운 말이 아닐 수 없었다.

초극삼천존이라면 천하가 인정한 초극고수들. 이 땅 위에 수많은 고수들이 있다고는 하지만 초극삼천존들은 밤하늘에 빛나는 북극성처럼 존재들이었다.

그런데 천마가 그들을 모두 합친 것보다 강한 존재라니, 실로 상상조차 할 수 없는 일이 아닐 수 없었다.

백리휴는 그 말을 듣고 있다가 입을 열었다.

"장주님의 말씀은 천마가 사라진 것이 사고가 아닌 의도적인 행동이라고 여기는 듯하군요."

"단연코 말하지만 당시 천마를 꺾을 자는 단 한 명도 없었네. 적어도 그 전투현장에서는 말일세. 그런 그가 타의에 의해 사라질 수 있으리라고 생각하는가?"

"그건 어렵겠군요."

"덕분에 우리 백련교는 멸교할 수밖에 없었네. 더욱이 성소(聖所)마저 철저히 파괴되어 두 번 다시 사용이 불가능할 정도가 되었지. 성소라는 우리 성화미륵불파에게 있어선 더없이 중요한 장소……. 그로 인해 신녀는 완전히 성화의 힘을 가질 수가 없게 되었네."

신녀는 성화미륵불파를 움직이는 구심점으로 단순한 얼굴 역할만 하는 게 아닌 성화미륵불파의 정신적인 지주였다.

혼돈겁륜파가 사라진 지금에 와선 백련교 전체를 아우르는 상징적인 존재였는데, 그러한 신녀가·성화를 피울 수 없다는 것은 치명적인 약점이었다.

"성화미륵불파에게 있어서 신녀와 성화는 불가분의 관계일세. 성화를 피울 수 있는 유일한 존재가 바로 신녀……. 그런데 신녀가 성화를 일으킬 수 없다는 건 정통성에 커다란 문제라고 할 수 있지."

한 단체에 있어서 정통성은 늘 커다란 문제였다.

더군다나 백련교는 종교집단, 그러므로 성화를 피울 수 없는 신녀라는 것은 엄격히 말해 신녀라고 할 수조차 없었다.

결국 악소채는 말이 신녀일 뿐 껍데기에 지나지 않는다는 말이었다.

"꼭 성화를 피워야 하는 겁니까?"

"백리휴, 자넨 염불 외우지 못하는 중이 절간의 주지 노릇을 할 수 있겠는가?"

백리휴가 안타까운 듯 말하자 이적산은 입가에 씁쓰레한 웃음을 떠올렸다.

"더군다나 아가씨의 문제는 신녀로서 마땅히 가져야 할 힘이 없다는 것일세. 그거 아는가? 본래 신녀는 백련교에 있어서 천마와 맞먹을 정도의 가공할 힘이 있다는 걸."

"신… 신녀가 말입니까?"

"비록 그 힘이 천마와 같은 것은 아닐지라도 신녀의 힘, 달리 성화력(聖火力)이라고 하네만 그 성화력은 천마조차 결코 무시할 수 없다네."

성화력은 선택받은 신녀만이 가질 수 있는 힘이다.

혼돈겁륜파의 주인인 천마가 이 세상을 파괴시킬 수 있는 혼돈의 힘을 가졌다면 이 땅을 구원할 수 있는 빛의 힘이 신녀가 가진 성화력이라고 할 수 있었다.

성화력은 일반적인 무공과는 달리 백련교의 상징이라고 할 수 있는 성화를 피우면서 발휘하게 되는데, 악소채가 신녀임에도 아무런 힘을 사용하지 못하는 것은 성화를 피우지 못했기 때문이었다.

"하면 악 소저께서 성화를 피워 올릴 수만 있다면 그 성화력을 가지게 된다는 말씀이로군요."

"쉽지 않은 일일세. 조금 전에 말했다시피 성화를 피우기 위해선 무엇보다 성소가 필요한데, 멸교 당시 성소가 완전히 파괴된 터라 성화를 얻을 수 없네."

이적산의 마지막 말은 매우 낮아 거의 중얼거림처럼 들렸다.

그의 말대로 하자면 성화를 일으키기 위해선 성소가 온전해야 한다는 것인데, 그렇다면 성소가 완전히 파괴된 지금 아무리 애를 써도 성화를 피울 수 없다는 말이 되지 않는가.

'대체 성소가 어떤 곳이기에…….'

내심 백리휴가 곤혹스럽게 중얼거릴 때였다.

쉬익쉭!

귓전을 파고드는 날카로운 파공음이 들려왔다.

동시에 그들의 동공 속으로 들어온 것은 허공을 무수히 메우며 날아들고 있는 화살들이었다.

더군다나 그것들 모두는 강철로 만든 철전이었다.

"화살입니다!"

"끌끌… 생각보다 뻔한 공격이로군."

백리휴의 다급한 외침에 이적산은 혀를 끌끌 차더니 양손을 번쩍 들어 올렸다.

화악!

그의 쌍장에서 눈부시게 뿜어져 나는 해일 같은 장강. 그것은 순식간에 그물처럼 사방으로 쭈욱 퍼지더니 우박처럼 쏟아져 내리던 화살들을 모두 튕겨내는 것이었다.

직접 눈으로 보고도 믿기지 못할 만큼의 놀라운 무위.

"놈들을 죽여라!"

"쳐라!"

갑자기 앞에서부터 우렁찬 외침이 터져 나왔다.

파앗! 팟!

두 사람을 향해 삼십 장 밖에서부터 일단의 인영들이 번개처럼 쏘아져 오고 있었다.

정확히 서른 명이나 되는 청색부목을 걸친 무사. 그들은 눈 깜박할 사이에 두 사람 앞으로 날아들더니 일제히 검들을 휘둘렀다.

파쐐애애액…….

성난 파도처럼 밀려오는 검기들.

슈우욱…….

백리휴는 지체 없이 검을 뽑아들고는 눈앞으로 날아오는 검들을 향해 크게 휘둘렀다.

완만할 정도로 유연하게 움직이는 검에 의해 날아들던 검들이 따당당거리는 금속성의 비명을 터뜨리며 뒤로 튕겨졌다.

놀랍게 검을 한 번 휘두르는 것으로 무사들의 검들을 모두 막아내고야 만 것이다.

일제히 공격을 퍼붓던 무사들이 흠칫 놀라며 멈칫거리는 순간.

번쩍!

백리휴의 손에 쥐어진 백문검에서 은은한 빛을 토했다.

베기인 무심절이 펼쳐진 것이다.

일도양단할 기세로 옆으로 쓸어가는 노도와 같은 검기. 그것은 순식간에 무사들의 전신을 휘감았다.

"크아아악……."

"으악……."

"커억……."

무사들의 입에서 처절한 단말마가 터지는 것은 그 다음의 일이었다.

살로 처참한 광경이 눈앞에서 펼쳐졌다.

대검심문.

백문검범 중의 제일문으로 검의 본질을 알려주는 이 검초가 백리휴의 손에서 펼쳐지자 그 결과는 실로 놀라울 정도였다.

검은 살인도구라는 명제를 알려주듯 그들을 공격했던 서른 명의 무사들이 허리가 두동강 나거나 전신이 갈가리 찢겨진 채 피투성이가 되어 바닥에 나뒹굴고 있었다.

일검으로 무사들의 공격을 막아내고 다시 일검으로 그들을 도륙 내고야 만 것이었다.

불과 이초만에 무사들이 피투성이가 된 채 시신으로 나뒹굴자 백리휴는 다소 착잡한 마음이 들었으나 이내 싸늘히 얼굴을 굳혔다.

'약한 마음은 금물……. 아차피 이들은 우리들 해치려 했던 자들 죽이지 않으면 당하고 만다!'

그는 내심 단단히 마음을 먹었다.

여기까지 오기 직전 십삼사의 암습에 의해 죽을 뻔한 위기를 겪은 그가 아니던가.

"제법이로구나!"

그때 갑자기 머리 위에서부터 담담한 말소리가 들려왔다.

노인.

다소 깡마른 체구의 한 청의노인이 두 사람의 모습이 훤히 내려다보이는 정면의 절벽 위에 우뚝 선 채 싸늘한 눈빛을 던지고 있었다.

종자기.

해남검파의 장노이기도 한 그는 두 사람을 내려다보며 차가운 음성을 했다.

"해남검파가 자랑하는 벽파대(碧波隊) 서른 명을 단 일검에 해치우다니 실로 예상하지 못한 일이로군. 그러나 그대들은 모두 이곳에서 죽을 수밖에 없다!"

"벽파대는 해남검파에서 가장 정예무사라고 알고 있다. 물론 그 위로는 창룡대(蒼龍隊)가 있다고는 하지만……."

이적산은 그를 보며 나직이 중얼거렸다.

그러나 공력이 실린 터라 그의 음성은 거의 이십 장 밖에 있는 종자기의 귀에도 똑똑히 들렸다.

그의 말처럼 벽파대는 창룡대와 더불어 해남검파의 주축이라고 할 수 있는 전력이었다.

"태평장과 해남검파가 오랜 시간 동안 광동에서 은밀히 다투고 왔긴 했으나 한 번도 분란을 일으킨 적이 없지. 그대는 그 평화를 깰 생각인가?"

"프하하하……. 평화라고?"

이적산의 말에 종자기는 앙천광소를 터뜨렸다.

"한 산에 두 마리의 호랑이가 있는데 그것이 평화란 말인가? 아니 그렇다고 치더라도 그 평화란 게 영원할 거라고 생각하는 건 아니겠지?"

"본 장주가 알기로는 해남검파의 장문인인 해남검신(海南劍神) 만진산(萬鎭山)은 매우 용의주도한 성격의 소유자이지. 그런 그가 이와 같은 일을 벌일 리는 만무한 일……."

"그렇다. 이 일은 나 종자기가 독단적으로 벌인 일이다."

"간도 크군. 감히 장문인의 허락도 없이 내게 싸움을 걸어오다니……. 이 일을 만진산이 알게 된다면 그대는 결코 무사하지 못할 텐데……."

이적산이 그를 바라보며 소리쳤다.

종자기는 다시 한 번 커다란 웃음을 터뜨렸다.

"크하하하……. 어차피 모든 일은 결과가 말해준다. 장문인과 해남검파의 수뇌부가 후일 이 일을 안다고 해도 이는 우리 해남검파를 위한 일이니 결코 나를 탓하지는 않을 터……. 더군다나 내가 장문인이 된다면 그리 걱정할 일도 아니지."

"차 한 잔도 품지 못할 그릇이 대해를 담으려고 하는가?"

"내가 해남검파의 주인이 될 자격이 없다고 말하고 싶은 모양이로군. 그런 건 여기서 죽을 놈이 할 걱정이 아니다."

"날 죽일 능력이 될런지 모르겠구나."

종자기의 냉소에 이적산은 코웃음을 날렸다.

"보아하니 여기에 숨어 있는 놈들을 믿고 그러는 모양이다만……. 아무리 숫자가 많다고 해도 호랑이에게 들개는 그저 먹이에 지나지 않지."

"들개도 들개 나름! 이백 명에 달하는 벽파대들이라면 늙은 호랑이 하나쯤은 문제없다!"

종자기의 말이 끝나는 순간.

스윽… 슥…….

일단의 무인들이 이내 모습을 드러냈다. 해남검파의 정예인 이백 명의 벽파대들.

그들은 어느 틈엔가 백리휴와 이적산을 가운데 두고 일정한 형태를 취한 채 서서히 다가서고 있었는데, 그들의 손에 쥐어진 검날에선 푸르스름한 예기가 아침 안개처럼 흘러나오고 있었다.

"창파대진(蒼波大陣)이로군."

이적산은 무인들을 주시하며 무거운 음성으로 중얼거렸다.

창파대진은 해남검파가 자랑하는 진법으로, 기쾌함에서 있어서 독보적이라는 해남검파의 독문검법인 벽라삼십육검(碧羅三十六劍)만큼이나 상대하기 어렵다고 알려져 있었다.

창룡대와 더불어 해남검파의 정예로 알려진 벽파대.

그리고 그들이 펼치는 창파대진.

아무리 이적산이 절대팔왕 중 무적장왕이라고 해도 쉽게 여길 상대가 아니었다.

백리휴는 벽파대를 슥 둘러보더니 이내 바위 위에 서 있는 종자기에게로 시선을 던졌다.

"물리도록 하십시오. 애꿎은 희생만 생길 뿐입니다."

종자기는 비웃듯이 외쳤다.

"희생 없이 얻어지는 게 있더냐? 칼밥을 먹고 사는 무인이 사문을 위해 죽는 것은 일종의 영광……. 더군다나 이적산의 목숨을 가져갈 수 있으면 그들이 모두 죽는다고 해도 그리 큰 희생은 아니지. 모두 공격하라!"

"존명!"

그의 명이 떨어지자 이백 명에 이르는 벽파대원들의 전신에선 칼날 같은 기운이 뿜어져 나왔다.

쓰우우우우…….

그들 개개인의 실력은 일류정도로 이적산과 백리휴에 비교하자면 턱없이 부족한 수준이었으나 그들의 숫자는 이백 명, 더군다나 진을 통해 뿜어내는 기세인 터라 화경에 이른 고수라고 해도 쉽게 받아내기 어려워 보였다.

순간.

"개진!"

벽파대원들은 벼락처럼 소리치더니 곧장 그들을 향해 검을 휘두르며 다가왔다.

쐐애애앵!

내뻗은 그들의 검끝에서부터 뿜어져 나오는 새파란 검기들.

그것은 마치 성난 파도처럼 새파란 검기가 요동치며 두 사람의 전신을 뒤덮었다.

"어림없다!"

이적산이 버럭 소리치며 쌍장을 휘둘렀다.

양손에 불을 뿜듯 전광석화와 같은 움직임으로 쏟아내는 무지막지한 장력들.

콰앙… 쾅…….

장력에 격중된 검기들이 회오리바람에 휘말린 낙엽처럼 허공으로 치솟아올랐다.

동시에 백리휴의 손에서 한줄기 검광이 허공에 검은 무지개를 그려놓았다.

파츠츳…….

이적산이 장력이 태산과 같다면 백리휴의 검은 물 흐르듯 했고, 검끝에서 흘러나온 검기는 봄바람처럼 부드러웠다.

그러나 결과는 전혀 딴판이었다.

파파파팟!

백문검 끝에서 흘러나온 검기는 돌연 일진광풍이 되어 벽파대원들을 휩쓸고 갔다.

쩌쩌쩍… 푸콰콰콱……!

"크아아악……."

"으아아악……."

"크허억……."

처절한 단말마와 함께 하늘 높이 피보라가 촤악 솟구쳐 올랐다.

해남검파가 자랑하는 정예인 벽파대의 대원들 십여 명이 백리휴가 휘두른 일검에 가슴이 갈라지거나 머리가 날아간 채 바닥으로 나뒹굴고야 말았다.

실로 눈으로 보고도 믿기지 못할 만큼의 위력이었다.

"물러서지 않으면 모두 죽을 것이다!"

백리휴는 큰소리로 외치며 신형을 벽파대 앞으로 날렸다.

동시에 그의 손에 쥐어진 백문검이 또 한 번 허공을 갈랐다.

슈파아악…….

허공을 갈라버릴 듯한 베기.

그가 작심하고 무심절을 전력을 다해 펼치자 검은 노도와 같은 검기를 뿜어내며 벽파대원들 한 가운데로 내리쳤다.

콰앙… 쾅…….

"으아악! 놈을 막아!"

"침착해라! 놈들은 단 두 명이다!"

"창파위세!"

벽파대의 우두머리로 보이는 무인이 검을 높이 치켜든 채 소리치자 나머지 벽파대원들은 정신을 가다듬고는 일제히 한 몸이 되어 움직여 갔다.

벽파대원들은 세 겹의 검벽을 만든 채 둥글게 원진을 하고

선 두 사람에게로 검을 찔러갔다.

츄와아악!

"죽어라! 놈!"

"벽파대는 무적이다!"

쿠왕! 쿵!

이백 개의 검에선 일제히 불기둥 같은 검기를 뿜어냈다.

바다의 수면 위를 가르고 솟구쳐 오르는 해룡 같다고 할까.

이백 개에 달하는 검기들은 곧장 이적산과 백리휴의 몸을 꿰뚫을 듯 날아갔다.

'전력을 다하지 않으면 당한다!'

백리휴는 내심 소리치며 전력을 다해 백문검을 휘둘렀다.

이적산 역시 공력을 끌어올린 채 양손에서 장강을 뿜어냈다.

푸콰앙… 우르르르…….

쿠콰아앙… 쿠왕…….

지축이 흔들렸다.

검기가 사방으로 튕겨지듯 날아갔다.

"크아아악……."

"커허억……."

벽파대원들 이십여 명이 입에서 피분수를 내뿜으며 십장 밖으로 나가떨어지고야 말았다.

이적산과 백리휴 역시 무사하지만은 않았다.

"크윽… 이 정도라니……."

"비, 빌어먹을……."

그들의 입에선 무거운 신음성이 흘러나왔다.

창백한 안색, 하반신이 반쯤 바닥에 박혀 있어 조금 전 충돌로 인해 그들 역시 적지 않은 충격을 받았음을 알 수 있었다.

"역시… 창파대진이로군."

이적산은 앞을 노려보며 신음처럼 중얼거렸다.

해남검파의 독문진법인 창파대진인 소림의 백팔나한진과 비견된다고 하더니 한번 상대해 본 결과 허언만은 아니었던 것이다.

무엇보다 무적장왕이라고 불리우는 자신조차 적지 않은 충격을 받지 않았는가.

"자네, 괜찮은가?"

"그렇습니다."

"하면 이제부터 조금 힘을 써야겠네."

슈욱…….

이적산의 신형이 갑자기 허공으로 날아올랐다.

번쩍 위로 치켜든 그의 쌍장에선 달무리와 같은 기운이 형성되기 시작했는데, 그것은 일순간 먹장구름 속을 헤집어 놓는 뇌섬처럼 곧장 벽파대의 머리 위로 떨어져 내렸다.

"본 장주 앞을 막아선 것부터가 죽어 마땅한 일이었다. 가라! 섬전연환장!"

번쩍! 파파파팟!

눈이 어지러울 정도의 현란한 수영.

콰앙! 콰앙!

벽파대들에게서 마치 엄청난 포탄이 떨어진 것 같은 것은 그 다음의 순간이었다.

섬전연환장.

이적산으로 하여금 무적장왕으로 불리우게 한 무적의 장법이었다.

'우공 어르신과는 또 다른 장법이다. 단순한 힘과 빠름에 있어선 오히려 풍혼탈백장을 능가하고 있다.'

백리휴는 그를 보며 감탄한 눈빛을 했다.

우공이 전수해준 풍혼탈백장은 매우 신묘한 변화를 바탕으로 하고 있는데, 이에 반해 이적산의 섬전연환장은 그 빠름과 파괴적인 힘에 있어선 가히 천하일절이라고 할 만한 것이었다.

'일단 저놈들부터 물리치는 게 우선이지.'

백리휴는 이내 고개를 저었다.

눈앞에 적을 두고 딴 생각을 하다니, 그는 이내 번개같이 신형을 날렸다.

"여기도 있다! 무심절!"

츠와아앙!

그의 검이 허공을 크게 베어갔다.

검끝에서 검은 묵빛의 검기가 요동치며 사방으로 뻗어나갔다. 흡사 모든 것을 빨아들일 듯한 검기.

검기가 벽파대가 펼친 창파대진을 그대로 강타했다.

쿠와아아앙! 콰앙!

"크아아악!"

"으악!"

"저대로 두다간 모두 당하고 말 것 같군."

절벽 위, 어느 틈엔가 종자기 옆으로 한줄기 묵영이 내려앉았다.

종자기는 옆에 내려선 묵혼을 힐끗 바라보더니 고개를 끄덕였다.

"이적산은 생각보다 강한 것 같소. 하긴 그는 절대팔왕 중 무적장왕이라 불리우는 존재니까."

"저 청년도 대단하군."

묵혼은 장내에 시선을 던진 채 중얼거렸다.

그의 눈은 연신 백문검을 휘두르고 있는 백리휴에게 고정되어 있었다.

'어쩐지 눈에 익는 놈이로군. 하지만 내가 저런 애송이를 알 리 없을 텐데…….'

사실 그는 공손가에서 백리휴와 한 번 싸운 적이 있었다.

그러나 그때 백리휴는 머리가 온통 새하얀 백발이었던 데에 반해 지금은 머리가 도로 검게 되돌아가는 중이었다.

더군다나 벽파대를 상대로 전력을 다해 싸우는 터라 은연중에 전에 마주쳤던 기질과는 틀렸기에 그가 기억하지 못하는 것이었다.

"쓸모없는 놈들……."

종자기는 장내에서 백리휴와 이적산을 상대로 악전고투를 벌이고 있는 벽파대원들을 보며 혀를 끌끌 찼다.

그는 못마땅한 듯 잔뜩 눈썹을 찌푸렸다.

"본래대로 하자면 놈들을 산 안쪽까지 유인한 뒤에 그들을 풀 생각이었소."

"강시들의 위력은 절대적……. 저들이 무공이 높다고 해도 결코 살아남지 못할 것이오."

"하긴……."

종자기는 고개를 끄덕이더니 품속에서 기이하게 생긴 호각을 꺼내 입에 물더니 길게 불었다.

삐이이익!

콰앙!

"으악!"

"크!"

일검에 열명의 벽파대원들이 피떡이 된 채 나가떨어졌다.

이미 창파대진은 완전히 무너진 상태였고, 벽파대원들 역시 절반 이상이 시신이 되어 바닥에 나뒹굴고 있었다.

"더 이상 싸우는 것도 무의미한 일이오! 항복하겠다면 목숨만은 부지할 수 있소."

백리휴는 벽파대원들을 둘러보며 외치다 말고 멈칫거렸다.

벽파대원들 뒤에서부터 알 수 없는 지독한 사악한 기운이 느껴졌는데, 그것은 실로 온몸의 솜털이 곤두설 정도로 지독한 마기였다.

휘이익…….

스무 명가량의 흑포장한들이 바람처럼 두 사람 앞으로 달려오고 있는 모습이 백리휴의 동공 속으로 파고 든 것은 그 다음의 일이었다.

정확히 이십 명의 흑의괴인들.

시체처럼 검게 죽어 있는 낯빛과 전율스런 광망이 번득이는 새하얀 동공. 게다가 양손의 열 손가락에는 강철 같은 날카로운 손톱이 삐죽이 솟아나와 있었다.

"혈마체?"

이적산이 흑의괴인들을 보며 두 눈을 부릅떴다.

혈마체들이라면 태평장을 나와 그들을 노렸던 살수들이 있던 유가장에서 보았던 강시들이 아니던가.

그때 다섯 구의 혈마체에 의해 그들은 몹시도 곤욕을 치렀는데, 백리휴가 수라무인륜을 사용하지 않았다면 어쩌면 그들은 크나큰 곤욕을 치뤘을 지도 모르는 일이었다.

"혈마체라니… 그것도 거의 이십 구는 되어 보이는군."

"아무래도 먼저 공격해야 할 것 같습니다."

"내게 맡겨두게! 이놈들!"

고함과 함께 이적산의 신형이 앞으로 쏘아지듯 날아갔다.

그는 혈마체들 앞으로 날아가선 양손을 쭈욱 앞으로 내밀었다.

"두 번 다시 움직이지 못하게 만들어주마! 뇌룡파천!"

츳파파파팟… 콰르르릉…….

그의 쌍장에서 뇌전이 번득이며 눈부신 섬광과 함께 혈마체들의 전신을 강타했다.

동시에 백리휴는 수중의 백문검을 머리 높이 올리며 힘을 다해 내려 찍어갔다.

"무심취!"

쿠콰아아아…….

검끝에서부터 솟구친 불기둥 같은 검강이 일며 낙뢰처럼 혈마체의 머리 위로 꽂혀갔다.

쿠콰콰콰쾅…….

거대한 폭탄이 떨어졌는가.

사방으로 눈부신 섬광이 지축을 뒤흔들며 뻗어나갔다.

뒤이어 혈마체가 있던 자리 위로 거대한 버섯구름이 피어올랐다.

"끝냈다!"

이적산의 입에서 득의 어린 외침이 터져 나왔다.

자신이 전력을 다한 섬전연환장과 백리휴가 펼친 검강에 격중되었다면 금석이라도 가루가 되었으리라고 생각한 그였다.

그러나 결과는 전혀 달랐다.

혈마체.

먼지가 모두 걷혀지고 나자 혈마체들의 모습이 눈에 들어왔는데, 놀랍게도 이십구의 혈마체들은 조금의 손상도 없이 그 자리에 멀쩡히 서 있었다.

번쩍!

그때 혈마체들의 새하얀 동공에서부터 섬뜩한 혈광이 뿜어져 나왔다.

후와아악…….

그들의 전신에서 이제껏 볼 수 없었던 지독한 살기가 베어 나오기 시작했다.

백리휴는 긴장한 안색을 한 채 다급히 소리쳤다.

"놈들이 움직입니다."

『면왕 백리휴』 7권에 계속…

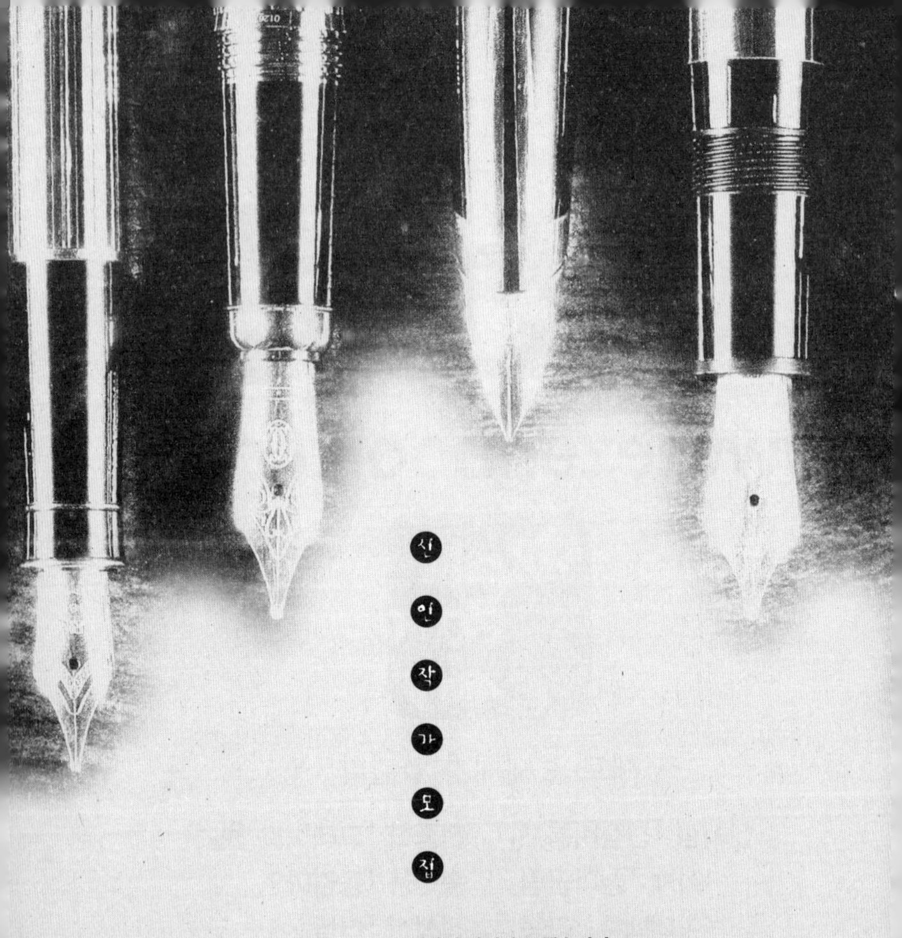
신
인
작
가
모
집